# Bar D's Graffiti

飛岡亜矢子
TOBIOKA AYAKO

幻冬舎MC

# Bar D's Graffiti

# 目次

# Bar D's Graffiti

「ねえ、輪廻転生って信じる？　私は信じたいなー。そして、生まれ変わったらあの人にとって『無標な存在』になりたいの」

あの頃の君は、そう言って、切ない胸の内を僕に教えてくれたよね。

僕は亜美の好きな「アレキサンダー」を亜美好みの味にアレンジして、

「お待たせいたしました」

スッとコースターを滑らせる。

亜美はクリスマスプレゼントを心待ちにしている子供のような笑顔でカクテルを受け取る。

「ありがとう」

亜美はしばしそのカクテルを眺め、そして口元にグラスを持っていく。

「美味しい」

うれしそうにリスのような目で僕に言った。

「ありがとうございます」

僕は礼を言う。この三ヶ月間、君は頻繁に僕の店に顔を出しているよね。駅より少し離れたひっそりとしたバー。君が現れたのはほんの三ヶ月前の、秋から冬に移り変わろうとしている頃だった。だが、君の存在感はこの三ヶ月という時間をまるで三年にでも、十年にでも思わせるものがある。うっとりとカクテルをグラスの口元に持っていく様は、バーテンダーの僕をも魅了した。しかし、この子はいつもほろ酔い気分でやってくる。まともだったのは、初めてうちの店にやってきたときぐらいだった。彼女が初めて僕のバーにやってきたのは去年の十一月下旬の頃だった。彼女は、ある僕の古くからのなじみの客が連れてきた女性だった。なじみの客は、いつもは会社関係の同僚を連れてくることが多かったが、彼がこの店に来だしてから異性を連れてきたのは亜美が初めてだった。亜美が初めてこの店にやってきたとき、彼女はものめずらしそうな、好奇心旺盛な大きな瞳で店内を一望し、なじみの客と彼女は入り口より一番奥のカウンターに座った。

僕の店はたいして広くはない。わずか十二人でいっぱいになるカウンター席のみで、九年前に相棒と開いた店だった。店をオープンする数年前のあの頃の僕は、今よりももっと慇懃無礼な青二才で、若い頃はさんざん喧嘩して親には迷惑をかけた。せっかく入った大学も一年生で退学してその頃、ショットバーで働き始めた。僕は、人としてはサイテーだったけれど、「カクテル」というものに出会ってから、僕の人格さえそれは大きく変えることになった。「酒」を通して、互いを見つめあい、酒という魅惑の飲み物のおかげで本音が言えて人間の自我を出すことができる。普段はおとなしい人間も酒を飲むことによって朗らかになったり、泣いて自らの思いを吐露したりと、まさに人間っぽい姿を我々に見せてくれるのだ。もちろん、酒に飲まれて暴れるヤツの相手は勘弁してくれというのも本音だ。しかし一時でもそのお客達の日々のつらさや平凡な日常、リセットして新しい明日へと向かう手助けができるのなら、こんないい仕事はないと思った。正直、二十歳そこそこの若造がそんなえらそうなことを言ってしまってどうかと思ったが、そんな思いでバーテンダーになった。はっきり言って、本当の僕はバーテンダーになれるようなカッコいい人間じゃないのだけどね。相棒はこの店をオープンして五年目で死んだ。僕と同い年で僕よりも二枚目で相棒を目当てにやってきた女性客もいた。一人でバーにやってきた女性はだいたいが彼目当てで来たのも男の僕から見ても理解できる。どこかの彫刻からそのまま抜け出したような美しい男だった。彼は、銀座にある有名なバーで働いていた。銀座のバーが新宿に支店を出すとき相棒は新宿店の店長として任されるようになっていた。バーテンダー歴二、三年の駆け出しだったが相棒はいくつものカクテルのコンテストに入賞し、十年やっているバーテンダーが一目置くような存在となっていた。相棒と出会ったのは新宿店がオープンして、僕がその店で働くことになったからだ。相棒は僕にいろいろなことを教えてくれた。年齢は同じだったが、はるかに彼の方がバーテンダーとして優れていたし、僕は彼の丁寧なサービスとすばらしいカクテルの味を尊敬していた。何しろ僕も彼のようになりたいと日々カクテル作りに励んだものだった。あっという間に一年が経過し、僕らは二人のバーをオープンした。

「Bar D's Graffiti」Bar D'sグラフィティ、それが僕らの店の名になった。「バーDの落書き」という意味だが、Dは何に由来しているかというと、僕達二人の名前が「大介」と「大蔵」だったからその頭文字をもじったわけだ。もちろん、大介が相棒の方で、大蔵は僕。時代劇好きの親父らしいネーミングだが古めかしい。割と安易にこの店名が決まった。グラフィティというのは「落書き」という意味もあるが、考古学的には柱や壁に傷をつけて書かれた文字や絵という意味もある。僕達は、これから起こるであろう、さまざまな物語を想像した。そう、お客様の、僕らの、「物語」が白亜のバーに描かれていくのだ。白を基調としたバー。東京の目黒区自由が丘に僕らは店を出した。駅からちょっと離れたマリクレール通りの裏手にある、ひっそりとした場所に店を構えた。とりあえず家賃の安さであまり良い物件とは言えないが、そこに僕らの夢を託した。オープンして五年後、相棒は死んだ。毎晩店を閉めた後、仲間と飲みに行っていたのがたたってか胃から肝臓に癌が転移して、もう気付いたときには手遅れだった。美しい、優しい冷静な僕のカクテルの教師はあっけなく僕を置いて逝ってしまった。あまりにもあっけなく……だ。僕は非常に落ち込んだ。僕は彼を真似たカクテルは作れるかもしれない。しかし、彼そのものにはなれない。彼を慕ってやってきた多くのお客を失うことになるかもしれない。店を閉めようかとも思った。だが、僕には結婚二年目の妻がいた。そう簡単に店を閉めるわけにはいかなかった。そうして、僕は二人でやっていたバーを今も一人で守っている。相棒との約束だ。「物語が、この場所から始まるんだ」

九年目になって、最近は僕のカラーを出していけるようになった。あの、銀座有名店にいたバーテンダーの店ではなく、僕の店として……。

僕の妻は、店を出す前に僕が働いていた新宿の店でお客として来ていた。妻の由香とは客とバーテンダーという関係だったが、次第に僕達は惹かれあった。由香自身もソムリエになる為にフランスに留学して、僕らが結婚してから一年後にワインバーを開いた。彼女の店はしっかり料理も食べられて質の良いフランスのブルゴーニュ地方のワインから比較的安価だが飲みやすいオーストラリアのワインまで取り揃えている。客層は良い。彼女目当ての田園調布在住の金持ちや、会社経営者、自営業、デザイナー等、といった風だ。彼女の店も盛況だ。ただ、彼女を口説く客達をあしらうのは彼女も苦労しているようだった。僕の方は、女性客からは「癒やし系」といわれている。僕を慕ってくる女性客は、狙って夜十二時過ぎにやってくる。東横線の終電がちょうど終わる頃、彼女達はやってきていろいろと愚痴って帰る。そして、あの娘、亜美もその一人だ。いつも遅くに店にやってくる。彼女は一度なじみの客と一緒に来た後、一人で来続けている。

ある日、彼女と僕は閉店後、一緒に飲みに行った。僕の行きつけの店、「カレラ」はバーテンダーの憩いの場だ。ママは六十歳過ぎのおばあちゃんだけど、一人でがんばって店を守っている。店内は彼女の年齢と同じように少し錆びれ、安物の酒が並んでいる。

「ママ、僕のお店のお客さんの亜美さん」

「どうも、こんばんは」

亜美はかわいらしく首をかしげながらママに挨拶した。本当に二十八歳とは思えないような頼りなげな挨拶の仕方だ。亜美は実際の歳より、ずいぶんと若く見えた。もうすぐ二十九歳になるというのに、まだ大学を卒業したての新入社員といった体だ。小さな商社に勤める彼女は、一人で貿易事務をこなしている。他の社員とはまったく別の仕事なので彼女の責任が重いのだそうだ。僕はそういう世界は分からない。なんてったって、子供の頃から「ワル」で通っていて、ちゃんとした仕事には就いたことはない。夜の世界の仕事ばかりだった。僕らが眠っている頃、人々は朝起きて、電車に揺られて会社に向かう。僕といえば、なんてドラキュラ生活。僕は太陽が嫌いだ。日中やむなく銀行の用事や仕入れなどで外出するときはサングラスをかけて出かける。サングラスをかけて外出すると、日中の自由が丘の雰囲気にはそぐわない外見であるのは確かだ。今でも筋トレをかかさない僕の体はマッチョだし、新宿二丁目に行けばなぜかゲイにもててしまう。僕は、甘い顔立ちのマッチョな男なのだ。

カレラのカウンターに座った亜美はすでに何軒か（僕の店を含めて）はしごしているのですでに酔っていて、カウンターでうとうとしながらウーロンハイを飲んでいる。半分寝そうな君がやっと口を開いた。

「ねえ、輪廻転生って信じる？」

「え？」

僕は聞き返した。

「り・ん・ね・て・ん・しょ・う」

口をとがらせながら亜美はお通しをつまんでいる。

「ああ、生まれ変わり、ってやつでしょう。輪廻転生ねえ、どうかな、考えたこともないな」

正直、僕がこうして生きてきた人生を振り返って、考えたり、後悔したことなんてなかった。だって、こうやって生きてきた以外どんな生き方があったっていうのだろう？ 今ある僕は、僕でしかない。この先、僕は命が尽きるまで頑固に「僕」をやっていくだけのことだ。自分が生まれ変わる？ 一度死んで？

「なんだか後ろ向きな発言だな。亜美ちゃん、どうしてそんなことを言うんですか？」

「だって、今回の人生では、どうしても欲しいものが手に入らないの。だから、次の人生に私は賭けているの」

「欲しいもの？　それは何なんですか？」

亜美は面長で華奢な横顔だ。彼女は視線をグラスに落とした。

「私はね、大蔵さん、あの人にとって無標な存在になりたいの」

「無標な存在？　どういう意味かな？」

亜美は僕の方に顔を向けた。彼女の目はなんだか憂いを持った、潤んだ瞳でじっと僕の目を見た。思わずその瞳に吸い込まれてしまいそうな、そんな目だった。亜美はふっと長いチャーミングなまつげを伏せた。

「大学の言語学の講義で習ったことなんだけどね。言葉っていうのは、生まれたての赤ん坊は最初は『あー』とか、『うー』とかしか言わないでしょ。そう、まず生まれたばかりの赤ん坊は、母音から話し始めるの。そうして次第にパとかプとか難しい言葉を使えるようになっていくの。それが子音。そこまでは分かる？」

「はい、分かりますが……」

いったい、輪廻転生と何が関係しているんだ？

「人間というものは、無標と有標という存在を保有しているものなの。例えば、ある人が失語症になったとするでしょ？　そうするとね、面白いことに、後から覚えた難しい言葉からどんどん失われて最後には母音が残るの。言語の喪失が言語獲得とまさに逆の過程をたどるの。つまり、最後に残るものが、無標な存在。有標は先に失われ、人間の本質、一番必要な存在、イコールそれが無標というわけ。……どう？」

「？．？．？」

「つまりね、無標な存在は有標な存在よりも重要でありポテンシャルに近いものなの」

ますます僕は分からなくなった。亜美がこんなことを口にしたのは初めてだった。彼女の言わんとしていることがつかめない。

「僕には、輪廻転生と無標な存在のつながりがまったく分からないんですが……」

亜美はいたずらっぽい目をくりくりさせながら僕に微笑んだ。

「確かに、なんだかヘンなクイズみたいね。輪廻転生と有標と無標、さっぱりよね？こんな話聞いても」

亜美は遠い目をしながら続けた。

「でもね、あの人の世界で私はいつまでも有標な存在だとしたら、悲しくない？」

「うーん、亜美ちゃん。つまり、君は誰かに片思いしているの？」

亜美はちょっとはにかみ、お通しのエリンギにぱくつきながら他人事のように話を続けた。

「私はあの講義を聴いたときは、何も感じなかった。でも、最近ね、この有標性と無標性についてすごく考えるようになったの」

僕は、亜美の心意がつかめなかった。

「人間という生き物はね、結局のところ、自然と物事を有標と無標に分けていて、その中で自分に必要のない、有標なものは次第に淘汰していくものなのよ」

「あ、あの、僕にもっと分かりやすく説明してもらえませんか？」

寂しそうな瞳で、亜美は僕を見た。そんなことも知らないで、あなたは幸せな人ね、というような、哀れんだ目で言った。

「例えば、大蔵さんの奥さん、例えば大蔵さんの子供、あ、まだお子さんはいないんだっけ？　例えば大蔵さんのご両親やとても仲の良い友達。そういう人々のことを無標な存在と称しているの。そして、その人々以外の人々は有標な存在。もしも、世界が明日滅びてしまうとするでしょ？　そのとき、大蔵さんは一番に何を守りたい？　一番に奥さん？　両親？　子供がいたら子供？　何を一番に守る？」

「えーっと、そう言われるなら、まず、僕の奥さんかな？」

「そう、そうやって、振るい落としていくのよ。自分に一番近い存在、それが無標な存在。そして、一番に振り落とされてしまうのが有標な存在。分かってきた?」

「あー」

僕は煙草を吹かしながらやっと亜美が話していることが分かり始めた。なんと、僕は理解が遅く、鈍い男なのだろう。

「だからね、私は有標な存在なのよ。私がどんなにあの人にとって無標な存在になりたいと願っていても、現世ではそれは叶わないことなの。ただ、現時点であの人にとって私はかろうじて無標と有標の狭間にいるの。いや、違うな。有標な存在なのに、無標でありたいとただ願っているんだけどね」

「亜美ちゃん、君は恋をしているんだね。その誰かは手に入らない、そういうことなんだろ?」

亜美の目が一瞬潤んだように見えた。長いまつげは下を向いたまま、何かを言いたげだった。彼女は左側だけ口を歪めて苦笑いをした。

「手に入らない、そうかもしれない。手に入れたように、その一瞬は思えても、すぐにその手の平から幸せがこぼれ落ちてしまうの。大切に、大切に抱えていても、気付いたらその手には何も残っていないの」

亜美はそう言いながら、手に大事そうに何かを包んでいるような、抱えているような手つきをした。そこには何もないけれど、まるで、彼女にはそれがあたかも温かく大事で幸福なもののように扱い、それを見つめる目はどこか寂しそうだった。亜美は実に表情豊かな子だ。驚いたときなどは、目を大きく見開いて、動物のような、くりくりした瞳で僕を見つめるときがある。美人ではないが、小動物のようなかわいらしさがあり、笑うと左側にえくぼと少し見える八重歯がよりいっそう亜美を実際の年齢よりも若々しく、頼りなげに感じさせた。だが、今夜の亜美はいつになく大人びた、というよりも二十八歳らしい表情を見せていた。左側の口角をつり上げた苦々しい笑いは、今まで僕の知らない亜美がそこにいた。

亜美は謎めいた無標と有標という言語学の問いかけを僕に残したままカウンターで寝てしまった。

「かわいい寝顔。まだ子供みたいな顔よね、この子」

六十過ぎのママは煙草を吹かしながら僕に話しかけた。

「ええ、彼女はいったい何が言いたかったのでしょうか？」

「この子にもまだ分からないのよ。あふれる思いを自分の中で処理することができないでいるのよ」


「ありがとうございました。またいらしてね」

ママは亜美に笑いかけて言った。雑居ビルの外はすでに夜が明けていた。人々が駅へ向かい新しい一日を始めている。まだ二月初めの寒い冬空と太陽の光が僕らを夜から駆け足で朝へと連れて行く。僕らはまだ昨日を引きずったままだった。

「まぶしー」

亜美は大あくびをし、軽く伸びをした。ふと僕の顔を見た亜美は、ぶっと吹き出した。

「やだ、大蔵さん、すんごい隈だよ。真っ黒！」

はっと気付き、僕はサングラスをかけた。ドラキュラは朝に弱く、日頃寝不足なので万年隈持ちだ。何が悪い。

「うわっ、見ないでください」

僕はすましてサングラスをかける。かけているとまさに自由が丘の朝には似つかわしくない、新宿歌舞伎町の男がそこにいた。亜美と僕は目が合って大笑いをした。

「大蔵さん、朝に似つかわしくない装いですね。どこのチンピラかと思いましたよ」

「そう言う亜美ちゃんだって、おでこにブレスレットの跡と目の下には黒いマスカラがべったりついているよ」

カウンターで朝まで寝ていたから、そのおでこの跡、しばらくは消えなそうだよ、ホントに。自由が丘の駅に着くと、僕らは少し浮いた存在だ。彼女の化粧ははげていて、僕はまさに水商売をしているような格好。朝の眩しい太陽は僕らにはちょっと強すぎだ。

「じゃ、おやすみなさい」

亜美はそう言って人ごみの中に消えていった。

「おやすみなさい」

亜美はきっと一睡もしないで会社に行くのだろう。亜美の後ろ姿を目で追ったが、気が付くともう亜美は見えなくなった。僕は奥沢方面へ歩き始めた。バーテンダーのいつもの日常。駅へ向かう人々とは逆に僕は歩いていく。少し坂になった道で、仕事で立ちっぱなしの少し中年になりかけている僕の足にはきつく感じられた。

そうっと、マンションのドアを開けると真っ暗だ。それもあたりまえのこと。ワインバーをやっている妻の由香が寝ているからだ。由香は夜六時から夜中の一時ぐらいまで店を開けている。お客とどこか飲みに行かない日は三時には家で休んでいる。由香の眠りは深い。僕が朝方飲んで帰ってきても気付かない。僕と同い年の由香は僕と知り合ったときはクラブのホステスをしていた。見た目はクールで冷たそうな印象の彼女だが、なぜだか店では三本の指に入る売れっ子ホステスだった。由香は僕がいた新宿の店に、アフターでお客と来たり、一人で来たりしていた。彼女が稼いだ、彼女一人でたたき出した金額はホントにすごいもので、僕らが店を出す資金の半分を彼女は僕らに貸してくれた。彼女のワインバーでは、彼女が年齢を重ねて妖艶さがますます増して、お客も増えて盛況だと言う。そんな彼女がどうしてこんな冴えないバーテンダーの僕に惹かれたのだろうか。彼女ほどの女なら、もっといい相手はいたかもしれないのに。

シャワーを浴び、そっと彼女が寝ているベッドの傍らに体を滑り込ませる。由香は一瞬体をよじったが目覚めることはない。僕は彼女の頭を僕の腕の上にのせ、目をつぶった。僕にとって、無標な存在か……。僕にとって由香なのだろうな……と思った。この九年、お互いが店を持っているので休みも時間もあまり合わず、彼女をゆっくり眺めることができるのはこの朝方、僕が眠りに落ちるこのひとときぐらいだ。クールな目は冷たさを漂わせて人を寄せ付けない。少し目じりに入った皺は彼女の女としての円熟さを物語るような色っぽいものだった。僕は彼女の体をやさしくなぜた。なぜだかとてもそうしたい気分になった。僕にとっての大切な存在を、確かに僕は持っているのだということを手にとって確かめてみたくなった。僕はよりいっそう由香の体に触れていった。いつも、寝ているときに僕は彼女に仕かけることはしないのだが、今日はそんな気分だ。由香のパンティーの中に手を伸ばしてみる。するとすでに、十分にそこは僕を迎える準備ができていた。パチっと音が鳴ったような気がした。由香がぱっちりと目を開けたのだ。

「大蔵さん、おかえりなさい」

僕は返事の代わりに由香にキスをした。由香はそれに応えた。僕はスレンダーな由香の体を抱きしめた。

「どうしたの？　寝込みを襲うなんて」

「君のことを確認したかったんだ」

あいまいに答えになっているかどうかは分からない返事をして、僕達は交わった。

ベッドサイドにある煙草に手を伸ばし、僕は火をつけた。深く吸い込むと肺の中に異物が混入するような、そんな嫌悪感を覚えたが、するとすぐに煙を受け入れ始めた。メンソールが口の中に広がり頭がすっきりとしてくる。傍らには由香がけだるそうにシーツにくるまっている。スレンダーな彼女の体がこうするとよく分かる。もう、眠ってしまったのだろうか。由香は目をつぶってさっきと同じような人を寄せ付けない冷たさをたたえた美しい横顔を見せている。煙草を吹かし、亜美の言った言葉を思い出していた。「有標と無標」か。なんだか寂しくなってしまった。亜美の大人びた横顔が脳裏に浮かんだ。口の端をちょっと上げた苦々しい微笑。亜美にそんな苦しい恋をさせる男がいるのか、と考えた。どんな男だろう。ふいに、亜美が初めて店に現れた日のことを思い出した。なじみの客が初めて異性を連れてきた。取引先の人だと彼は亜美を紹介した。まさか、彼が亜美の想っている男なのだろうか？　なじみの客は背が高く、サラリーマン特有の当たり障りのない、品の良いスーツを身につけ、眼鏡がよりいっそう彼をインテリ風に見せる。薄い唇が微笑むと、彼の育ちの良さが分かる、いい笑顔だった。印象はマイルドな感じで、仕事でもそれが活かされているのだろう。

「あのお客さんかなあ……」

確かに、あの日以来、亜美はよくうちの店にやってきた。最初はあまりバーへなど一人で来ることがなかったので緊張していたようだったが、今はすっかり常連の域に達している。何人かの常連客に口説かれてはいるようだったが適当にあしらえるようにもなってきている。亜美が座る席はいつも決まっている。彼女が最初に来た日に座った席だ。混んで座れない日以外は必ずその席だった。

「でも、亜美ちゃん、彼はどうやっても難しいよ」

ポツリと僕はつぶやいた。――彼は、結婚しているんだよ……。


ある雨の夜、今日は一日ひどく寒くて人通りも少なかった。店にも客がいなかった。

来たとしても一杯そこそこ飲んでいそいそと帰っていくありさまだった。今日は暇だな……、そう思ったとき、店の扉が開いた。外界から雨の湿った匂いがした。

「いらっしゃいませ」

「こんばんは」

亜美だった。ずぶ濡れだ。鼻が赤い。外の寒さがうかがえた。

「外は寒そうだね。傘なかったの?」

「うん、持っていたのだけど、お店に忘れてきちゃったの」

「はい、タオル。風邪引いちゃうよ」

手渡すとうれしそうに笑い、亜美は受け取った。僕は店の扉を開けて外の様子をうかがった。人の姿はなく、たくさんの雨がアスファルトを打っている。水溜りは激しい波紋を作ってはすぐさま新しい雨粒によって消されてしまう。

「強いお酒ちょうだい」

亜美はいつもの席に座り、そう言った。

「大丈夫？　だいぶ、飲んだんじゃないの？」

「ううん、大丈夫、何か強いカクテル作ってください」

「かしこまりました」

僕はショートカクテル用のグラスを拭き、グラスを冷凍庫に入れる。ホワイトラム、ブランデー、レモンを絞り、ボディーに入れる。ストレーナーを手早くかぶせ、僕はリズムよくシェイクする。ゆっくりとペースを落としシェイクを止め、注意深くグラスに注ぐ。レモンの香りがふわりと僕の鼻をつく。

「お待たせいたしました」

スーッとコースターと共に滑らせる。亜美はまたプレゼントをもらった子供のような笑顔で
「ありがと」

と言う。

僕は、亜美がカクテルを口に運ぶ様を見守っていた。なにしろ強い酒だから、飲んでどんな顔をするだろうか。

「ん、強い」

亜美は少し眉間に皺を寄せた。

「ほら、だから大丈夫って言ったのに」

「なんてお酒？」

「ん？　ラストキッスっていうカクテルだよ。ホワイトラムと、ブランデーとレモンを……。亜美ちゃん？」

亜美の左目から涙がこぼれていた。亜美はその涙をぬぐいもせずまた自嘲的な笑いを浮かべた。苦々しい笑い。その側に悲しげにえくぼが出ている。

「そう、いい名前ね。今の私にはぴったりだよ」

亜美はうつむいて泣き出した。

「どうしたの。何かあったの？」

「別れようって言われたの」

「前に話していた彼のこと？」

また例の苦々しい笑み。前髪が濡れたせいでぺったりと額にはりついていて彼女を幼く見せた。今日はいつもより大人っぽい格好だ。黒いジャケットを着て、ワインレッドのタートルネック、十字架のネックレスがきらりと光っている。亜美の涙に似た、きれいな光だった。震える亜美は続けた。

「自分にはこういうことは向いてないって……。最後にしようって……。私、何も望んでない。ただ、あの人の側に少しだけでいいからいさせてもらいたいだけなの。彼が住む世界のほんの少しだけ、私のいられるスペースを空けておいてほしかったの。いけないのかな、そんな私が……」

「彼にとって亜美ちゃんは有標な存在だってことなのかな」

亜美はグラスにまた口をつけ、ふうっとため息をついた。

「そうね、永遠の有標な存在だわ。私はその答えを最初から分かっていたはずなのに……。大蔵さん、ティッシュ」

「はいはい」

僕は肌にやさしい「やわらかティッシュ」を渡した。これもバーテンダーの心遣いだ。たまには泣くお客さんだっているのだ。

「ありがとう」

グズっと鼻をかみながら、亜美は涙を手の甲でぬぐっていた。

「亜美ちゃん、もしかして、亜美ちゃんの好きな人って吉岡さんのこと?」

亜美の口元がきゅっとしまった。彼女は軽く上目遣いで僕を見つめた。何かを判断するような、そんな目で僕を見ている。すると、すっと視線を側にいけてある百合に移し、その花々の美しさに微笑むかのように、やさしい表情になった。

「正解。ばれちゃったね。そう、吉岡さんが私の大好きな人よ」

「だけど、亜美ちゃん、分かっているだろうけど……」

「そう、世間では『不倫』っていう言葉でいわれる関係よ。けして誇れるようなことをしているわけじゃない。でも、私の彼に対する愛情は、そんじょそこらにない一級品なんだから。私はあの人を愛している。あの人の住む世界、私の入れない居場所。あの人の家族、過去、未来も愛しているの。だからこの気持ちをやめることなんて、できない。それは、私が今生きている、という意味なのよ。あの人を家族から奪いたいなんて思わない。あの人の人生が、充実したすばらしい未来があるように願っているの。でも、せめて私のスペースを少しだけ空けていてほしかったの。『自分にはこんなこと向いていない』、そんな言い方で私の愛情を片付けないで、って」

亜美の目には涙があふれていた。とめどなく流れる涙は、カウンターを濡らした。今日の雨のようにたくさん降っている。僕はなんと亜美に言ってあげられるだろう。

「亜美ちゃん、そんな男、やめちまえよ。亜美ちゃんはいい女だし、もっといい男、たくさんいるよ」

月並みなことしか言えない自分が口惜しかった。もっと彼女を納得させる言葉がないだろうか？　いや、見つからない。亜美はカクテルをきゅっと飲み干した。くたっとカウンターに突っ伏しながら、

「つらいなー、好きでいるって。やめたくてもやめられないもん。苦しくて、苦しく

て、もう、『やーめた！』って思える日がくればいいんだけどな」

「亜美ちゃん、飲みにでも行くか！　もう、雨でお客さんも来ないし」

亜美は答えなかった。泣きつかれた子供のように眠っている。まだ鼻の頭が赤い。目の下にはマスカラが黒くこびりついている。涙の川が乾いて、頬にうっすらと跡を残している。少し口元が開いていて、何かを言いかけているような、キスを求めているような、そんな思わせぶりな唇だった。不倫か……。亜美には似合わないな……。そんなことを思いながら洗い物をし始めた。小さなバーに亜美と二人きり。静かなバーに雨音がよりいっそう僕を寂しくさせた。人生は思うようにいかない。堂々巡りの成功と失敗の連続。人間は何の為に生きているのか。人類は皆平等であると言われているが、そうだろうか？　幸せな人間もいれば不幸な人間もいる。強いて言うならば、「僕達は遅かれ早かれ平等に『死』が与えられている」のだろう。その死ぬ瞬間に僕らがいかに後悔なく、旅立って逝くことができるかどうか、という為に僕らは日々前向きに（？）生きているのだろう。

「亜美ちゃーん、閉めるよー。起きてー！」

僕は、バーテンダーなので営業中は寝ている女性客の肩等に触れることはできない。それが決まりだ。僕はバンバンとカウンターをたたいて亜美を起こした。

「んー、うるさーい」

亜美は伸びをしながら、手も当てずに大あくびをしている。ああ、こんな姿見なければ、いい女なのにね、とため息が出た。

カレラでは、同業者のマスター達が集っていた。カラオケスナックなので彼らは歌を歌っていた。僕らはカウンターの隅に並んで座った。ママは亜美の顔を見て、

「あらあら、マスカラが目の下についていて隈みたいよ」

えへへ、とテレ笑いをしながら亜美はトイレに立った。どうやら化粧直しをしに行ったようだ。

「大蔵さん、亜美ちゃんを泣かしたの？　だめよ、女の子を泣かしちゃ」

「ち、違いますよー。店で泣き始めちゃったのは僕のせいじゃないですよー」

僕はあらぬ濡れ衣を全面否定した。

「でも、あの子、大蔵さんには正直に自分を見せているのね。良かったわね、あなた好かれていて」

ママに言われて少しうれしくなった。そうか、そういう風にも言えるな、と思った。今までだって悩みごとは何度も聞いてきたし、こんな場面に何度も遭遇しているけど、ある意味、そういう女性達（中には男性もいるが）に、僕は信頼されているのだなと思った。

「お待たせ。これでバッチリでしょ？」

そう言って、亜美が席に着いた。きれいにファンデーションとマスカラをつけ、唇にはグロスが光っていて、美味しそうな果実に見える。僕は、

「お、いい女の登場だ！」

と言った。亜美は屈託なく笑って見せた。左のえくぼが笑っていた。さっきまでは泣いていたのにね。

ウーロンハイを飲みながら、お通しにぱくついている亜美を見ているとさっきまで泣いていた子なのかと思わせる。

「泣くとお腹がすくのよう。おいしー、この餃子」

僕が心配そうに彼女を見ていると

「何？　なんかヘン？」

「あ、いや……」

亜美は箸を進めるのを止め、少しまじめな顔になった。だが、さっき見せたような苦々

しい笑いはない。何か決意じみた意思のある強い眼差しでグラスを見つめていた。

「ありがとね、大蔵さん。私、とても感謝している。こうやってあの人の話ができる人って大蔵さんしかいないの。会社の同僚にも言えない、友達に話しても、同情や、私をたしなめる人や、応援してくれる人達もいた。でも、そういう人達の言葉は、まったく私の気持ちに安らぎを与えてはくれなかった。でも、大蔵さんがあの人を知っていてくれた。大蔵さんに会うことによって、あの人の存在を確かめていたの。私がD'sGraffitiに通うようになったのは、つまりはそういうこと。あの人が連れてきてくれたバー、そこに私はまた行くことによって、もう一度、あの日のことを思い出し、反芻するの。それはね、一人で家に帰って一人で過ごす寂しい時間をどれだけ彩り豊かなものにしてくれたか」

「彼は奥さんと別れる気はないんだろ？」

くすっと笑って亜美は僕を見た。

「まさか、そんなわけないでしょ。それに私はそんなこと望んでない。『本当か？』と聞かれると分からないけど、彼には、人生をまっとうしてほしいの。家族思いで優しい彼を、私は好きなのよ。だから、私なんかいちゃいけないって思うし、矛盾しているのも確か。それでも私は好きでいないではいられないのよ。少しでもいい、彼の瞳に私を映してほしい。私を見てって思うの。そして、忘れないで、って」

僕はだんだんそれを聞いていて腹が立ってきた。なぜだかは分からない。亜美が『あの人』の話をするときの、そのうれしそうな顔にも腹が立った。

「僕にはまったく分からないよ。こんな不毛な恋、つらいだろ？」

言いながら、胸がざわめいている。

「でもね、あの人が好きなのよ」

亜美は、そう言って笑った。その笑顔が僕には痛々しく見えた。君はまだ若い。不毛な恋なんかしちゃいけない。

また亜美は寝ていた。

「この子のことが心配？」

ママが尋ねた。

「ええ、心配ですね。なんだか一人で完結しちゃっているところが危なっかしいような……。」

煙草を吹かしながらママは、

「そうね、危なっかしい子ね。でも、強い子よ」

ママは深い皺を見せて笑った。強いのかな？　この子は……。

「そうだといいんですが」

僕は、グラスのウィスキーを飲み干した。

雨はやんでいた。朝がもうすぐやってくる。そんな時間だ。だんだん日の出が早くなっているので朝の5時に店を出ると東のほうが白けている。

「今日はありがとう」

亜美の方から切り出した。

「いえいえ、こちらこそ、朝まで付き合わせちゃいましたね」

亜美は、ほうーっと白い息を吐き出した。

「どんな人にも朝はやってくる。……明けない夜はない」

亜美は二、三歩先を歩きながらつぶやいた。僕は後をついて行きながら、亜美の小さな後ろ姿を見ている。いつになく彼女の背中が小さく見えた。だが、その後ろ姿は背筋を伸ばし、りんとしているようにも見えた。店に飾っている百合のようだ。

「じゃ、おやすみなさい」

彼女は振り返るなり満面の笑みを見せた。

「おやすみなさい」

亜美は、きびすを返して自由が丘の駅の方へ向かっていった。僕は歩いていく後ろ姿を見送りながら
「亜美ちゃん」

亜美は、不思議そうな顔をして振り返った。首をかしげている。

「ん？」

「亜美ちゃん、つらいときはいつでも来るんだよ」

僕は亜美のもとへ駆け寄って言った。

「つらいときは僕に甘えなさい」

人気のない、自由が丘のタクシー乗り場の側で亜美を抱き寄せた。亜美の体は思ったより肉感的でセクシーな体をしていた。小さな頭を僕の肩にのせた。僕の感情は、高まりつつも冷静を保ちつつ、

「無理しないで」

亜美は、今までの何かを爆発させるような勢いで泣き出した。ずっと我慢していたような、子供が怒られたときに泣き出すような、そんな泣き方だった。

「ごめん……なさい」

その言葉も言えていない。僕はよりいっそう強く抱きしめた。何をしていたのか、今になってみると分からないが、そのときはそうしなければならない気がした。泣きじゃくっている亜美の頬につく涙をぬぐった。

「キスしていい？」

亜美は一瞬ためらうように目を逸らしたが、瞳を閉じた。僕達は口づけした。それが愛情だったのか、恋だったのか、シンパシーだったのかは分からない。だが、僕達は口づけをした。亜美は潤んだ目で僕を見つめ、悲しそうな笑みを見せ、自由が丘の駅へ急ぎ足で向かっていった。僕は、いつまでも、彼女の後ろ姿を見えなくなるまで見送った。亜美は一度も振り返らなかった。もう、バーへは来てくれないかもしれない。

僕は、ガード下をくぐり、自由通りに出る。新聞配達員が僕の横を通り過ぎる。いつもの坂道は、いつもより傾斜のきつい上り坂に見える。十五分ほど歩けば自宅には着くのだが、今はもう少しゆっくりと歩いて帰ろう。僕がしたことは正しかったのだろうか。どんなに考えても答えは出ないだろう。

いつもより熱いシャワーを浴び、ベッドに滑り込む。由香は目覚めない。深い眠りだ。由香の顔を見て、少し胸が痛んだ。なじみの客も、亜美と過ごした後に妻の寝顔を見てそう感じるのだろうか？　煙草に火をつける。亜美とキスをした。ただそれだけのことだ。浮かんでは打ち消す言葉が頭をよぎる。これを恋と呼ぶのか……と。

「大蔵さん、食欲ないの？」

由香が切り出した。トーストを食べようとバターを塗る途中でそれをやめ、僕はコーヒーだけ飲んでいた。

「昨日、飲みすぎたかな」

「そうよ。あなたの仕事は夜が長いんだから、体調には気を付けてね」

「ああ、大丈夫だよ。ありがとう。たぶん二日酔いだよ」

「あらあら」

由香はそう言って笑った。

目じりに深い皺が一本入る色っぽい笑顔だ。ぼくは、由香をベッドに誘った。ほのかな想いを打ち消すように、由香を抱いた。


あれから二週間経った。亜美はあのことがあって以来バーへは来ない。僕は、心ひそかに亜美が現れるのを待った。客と話しているときも店のドアが開くたびに、亜美ではないかとドキリとした。何度もそうしているうちに、次第に期待はあきらめとなり、僕自身も亜美がやってこないのが普通になった頃だった。

「いらっしゃいませ」

僕はお客の方へ目をやった。

「こんばんは」

僕は動揺を隠した。それは、亜美となじみの客だった。

「お久しぶりです」

なじみの客は、品のいい薄い唇でにこやかに笑っていた。

「あー、お久しぶりです」

亜美はうれしそうに彼の後をついてきている。亜美は彼しか見ていない。彼の歩く背中をうっとりと見とれているような、トロンと眠そうな目をしていた。

「亜美ちゃん、こんばんは」

僕から声をかけた。すると、今初めて僕の存在に気付いたかのように、驚いた目をして、そして、笑顔で僕に返事をした。

「こんばんは、お久しぶりです」

あの日見せた涙など忘れちゃったわ、というような具合だ。

二人は例の席に座った。彼はマッカランの二十八年をロックで、亜美はアレキサンダーを注文した。僕は、目の端で二人の様子を探り、耳をそばだてた。なじみの客は亜美に別れを告げたのではないか、なぜ一緒にいる？　亜美はうれしそうに彼の側で小鳥のようにおしゃべりを続けている。すっかりよりは戻っているじゃない。なんだか複雑だが、亜美が泣いているよりはいい。彼も、そう思って続けることにしたのか？

二人は一時間ほどで帰っていった。亜美は帰り際に僕にウインクをして見せた。もう、大丈夫という合図なのだろう。いつもより亜美のつけている香水はきつかった。あんなにつけたら相手の奥さんにばれちゃうぞ。おせっかいな心配を僕はしていた。

亜美は、その日から一週間ほどしてまた現れた。

「いらっしゃいませ。今日は一人?」

亜美は、僕のいやみに少しむくれて、

「どうせ一人ですよーだ」

僕は笑って亜美にウインクをした。

「良かったね、仲直りしたんだ?」

「うふふ、まあね。がんばったもん」

亜美はうれしそうだった。不倫という関係が不毛で生産性がなさそうに見えるが、一時的でも亜美が幸せなのなら、これはこれでいいのではないか。途中であきらめるより、自分の気持ちにケリがつくまで続けるしかないのだろう。

「大蔵さん、この間は心配かけてごめんね」

「もう、大丈夫なのか？」

「うん、もうしばらく、続けられそう」

「そう」

僕は、亜美の為にキューバリバーを作っていた。ライムの爽やかな香りがする。

「お待たせしました」

「ありがとう」

彼女は前向きな笑顔で受け取った。


季節は春へと移り変わろうとしていた。いつのまにか日は長くなり夜が明けるのが早くなっている。僕は、相変わらず店を閉めた後カレラで飲んでいた。

「最近一緒に来ないわね、あの子」

ママが亜美のことを尋ねた。

「ああ、忙しいのかな……」

僕はあいまいに答えた。僕の表情をママに見られたくなかったから、すぐ話を別の方向に持っていった。亜美はめっきりうちの店から足が遠のいていた。彼とうまくいっていればいいのだけどね。また、泣き出すんじゃないかと心配だよ。

僕は、奥沢方面への上り坂を歩く。僕の毎日の締めくくりだ。シャワーを浴びる。寝ている自分の妻を眺めながら眠る。毎日の始まりは、妻と食事をとる。そのときしかゆっくりと起きている由香を見ることができないが、相変わらずいい女だと思った。ときどき、「どうして僕なんかと結婚したのか?」と聞いてみたかったが、「はやまったわ」と言われるのが怖いのでまだ聞いていないけど……。

でも、一言、言うならば、僕達の関係は『無標』であると言っていいだろう。お互いが、なくてはならない空気のような存在。

亜美、君は、なじみの客の『無標な存在』になれたかい？

もうすぐ六月になる。初夏らしい生暖かい風が吹いている。自由通りの坂を下りながら、僕は出勤している。今夜の夕食を買う主婦達が、スーパーの駐車場に車を入れようと列をなして待っている。僕はマリクレール通りの人ごみの間をすり抜けながら、ひっそりとした裏通りの僕の店に向かう。すると、亜美が店の前で立っていた。

「亜美ちゃん、久しぶりだね。どうしたの？」

「うん、ちょっと早いけど、お店開けてくれる？」

「かまわないけど……」

久しぶりの亜美の出現に、僕は驚きつつも、顔に出さずに店に入った。

「今日は、何から始める？」

亜美は首を振り、

「今日はやめとく。ペリエをください」

おや？　と僕は思った。酔っていない亜美を見るのは初めて来た日以来だ。

「ライム、入れる？」

「お願いします」

今日はアルコールを飲む気がしないのだな。にこにこと、いつになく亜美は僕を眺めている。

「久しぶりだね、今まで何してたの？」

「うーん、仕事がちょっと忙しくなっちゃって」

亜美はチーズを食べながら言った。確かに、少し顔色が悪い。疲れが目の下のふくらみに現れているようだった。

亜美は、他の常連客の近況などを僕に尋ね、そして帰りがけに、カレラのママによろしく伝えてと言い残し、店を後にした。

――それが、僕が見た、最後の亜美の姿だった。いつものように、またねと手を振って……。――彼女は姿を消した。

暑中見舞いで出したＤＭも「あて所に尋ねあたりません」のスタンプが押されて返ってきてしまった。

九月のある夜、あの、なじみの客がやってきた。

「いらっしゃいませ。お久しぶりです」

長身の彼は、相変わらずソフトな物腰でいつもの席に着いた。

「マッカランの二十八年を」

「はい、かしこまりました」

彼はゆっくりとその薄い唇にグラスを運んだ。亜美が愛する男。亜美は彼のどんなところに惹かれたのだろう。その、やさしげな物腰、薄い唇、感じの良いスーツ、誠実そうな雰囲気、全てを愛しているのだろう。僕が亜美の行方を聞こうとしたとき、彼の方から口を開いた。

「あの子は、消えてしまいました」

僕は一応分からない、というような顔をして首をかしげる。

「緑川さんですよ」

変わらぬやわらかい微笑をしながら……。

「ああ、亜美ちゃん、最近見ないなー」

なじみの客は煙草に火をつけた。煙を吐きながらポツリと言った。

「立つ鳥跡を濁さず、とはまさに彼女のことですよ。消えてしまいました」

僕は、他の客のカクテルの準備をしながら、そうですか、と頷いた。彼は、二、三本立て続けに煙草を吸いつつウィスキーをピッチ速めに飲み干した。

「大蔵さん、何か、強いカクテルをいただけませんか？」

彼は少し、目を細めて苦々しい笑みを見せた。

「かしこまりました」

僕は慎重にグラスを選ぶ。カクテルグラスを冷凍庫に入れる。ボディーに材料を入れ、リズミカルにシェイカーを振る。彼は目を細めて僕の振る様を見ている。ゆっくりシェイカーを振るのをやめ、カクテルグラスに注ぐ。

「お待たせいたしました」

「ありがとう」

一口飲み、彼は僕に尋ねた。

「大蔵さん、このカクテルは何と言うんですか？」

僕は答えた。

「ラストキッスというカクテルです」

少し驚いたような目をして、

「そうですか」

と言い、そのグラスを一気に飲んだ。眼鏡の奥で何か光るものが見えた。それが、涙だったのか、僕には分からないが……。

「いいカクテルですね。美味しかった。……、帰ります」

会計の際、僕は言った。

「亜美ちゃんも、飲んだカクテルですよ」

彼は薄い唇を品良く左に上げ、

「そうですか」

とだけ言った。

彼は、何も語らなかった。だが、僕は、彼の笑みがいつまでも印象的に心に残った。

あれから何年が経ったのだろう。相変わらず僕はカウンターに立ち、お客を待っている。変わったことと言えば、僕は少し歳をとって、髭をたくわえ、若いバーテンダーを雇い、共に働いている。古くからこのバーに来る客もいれば、最近来たお客もいる。若い女の子は若いバーテンダーと話したがり、歳をとった中年の男性達は僕と話したがった。由香も歳をとった。だが、年齢を重ねても、ますます僕の目には「いい女」だった。彼女は子供を産み、今はその子も二十歳になる。娘は母と一緒にワインバーで手伝いをしながら大学に通っている。

「時は過ぎ行く～As Time Goes by」の古いジャズのナンバーが店内でかかっている。

店の扉が開いた。僕の最近の癖は、顎鬚を触りながら、

「いらっしゃいませ」

と言うことだった。

スラリと背の高い若い女が店に入ってきた。僕は、客を出迎えようと、女に近づく。すると、若い女は店内をものめずらしそうに見渡した。こういう店に来たことがないのか、少し緊張しているように見える。どこかで見たシーン。

「あ、亜美ちゃん？」

僕はとっさに言ってしまった。若い女はにこりと微笑んだ。

「初めまして」

彼女は言った。僕がはるか昔の記憶をたどりながら、この背の高い、若い女を見つめた。女は一番奥の席に着いた。何か確認するかのように、店内の白い壁、飾ってある百合を眺めていた。

「何にいたしましょう」

僕は尋ねた。

「ラストキッスをください」

女は笑った。僕は、はっとした。薄い唇が印象的だ。あの、なじみの客を思い出させた。僕は、

「かしこまりました」

という。

カクテルグラスを冷凍庫に入れる。ホワイトラムとブランデーとレモンジュースを入れる。リズム良くシェイカーを振る。注ぐときにはレモンの匂いがつんと僕の鼻をつく。

「お待たせいたしました」

女はにこりと笑い、一口くちにした。少し眉間に皺を寄せ、

「わー、強い。でも、美味しいですね」

――はるか昔の思い出がよみがえった。少し眉間に皺を寄せ、カクテルの名を告げたらいきなり泣き出した女の子。雨の日にずぶ濡れで店に入ってきた女。

「ねえ、輪廻転生って信じる？　私は信じたいなー。そして、生まれ変わったらあの人にとって『無標な存在』になりたいの」

君は見つけたんだね。君の『無標な存在』を……。

大介、このバーの店の名は正解だね。

Bar D's Graffiti――白亜のバー、このバーから僕らの、そしてお客様達の物語が始まるんだ。

# 笑顔の行方

「序章」

憎い相手は憐れむような目で亜弓を見た。口元はきりりとななめにつり上げ瞳はこちらを見て逸らすことがない。亜弓は初めて相手に嫌悪を覚えた。こんな気持ちになったのは、初めてだ。ニヤリと誇ったような顔をした。亜弓は、そんな憎い相手に向かって刃物を向けた。包丁を人の肉体に刺す異様な感触が亜弓の全身を襲った。刺した相手の顔は真っ青になり、苦しみの顔というよりも、驚きの目で彼女を見ていた。瞳孔は開いて、視界は見えない。白く、白く、光の世界が待っている。その先に見えるものは、何か……?

二年前、竹下亜弓は一人の男に出会った。杉浦和彦は彼女の勤めるコンサルティング会社に広告の営業として現れたのだった。

和彦は見た目よりも気さくで話しやすい亜弓に最初から好意的で積極的だった。

「竹下さんの笑った顔がとても素敵です。是非、僕とデートをしてください！」和彦は亜弓にミーティング中にデートを申し込んだ。亜弓は笑顔で

「だって、私、彼氏いるんですもの。だめですよ」

「だったら、一度だけでいいですから、デートしてください！」

和彦は色白で背が高く、笑うと目がやさしくなって、彼の人柄がよく表れる誠実な笑顔の持ち主だ。亜弓も仕事を通じてそんな彼に惹かれてはいたが、そんなに軽々しく誘いに乗るわけにはいかなかった。

亜弓はこの一年半ほぼ同棲状態の、三年も付き合っている彼がいた。二十五歳になる亜弓の三つ年上の敬吾だ。敬吾とはそろそろ結婚も考える時期でもあった。だが、まだそこまでには至っておらず、亜弓はまだ彼との将来に不安を感じていた。平凡な生活、平凡な毎日、母子家庭で育った亜弓にとって、結婚とは完璧なものでなくてはならないと考えていたし、また、相手に高い理想を持っていた。そんなときに現れた男、和彦はとても魅力的だった。今の彼、敬吾よりも物腰がやわらかで笑うと目元がとても素敵で、そして、少し強引さもある。女性が求めているものを兼ね備えた男性といっていいだろう。

見た目、派手に見える亜弓は周囲から誤解をされることが多かった。以前勤めていた会社では見た目、その男好きする顔のせいで、あらぬうわさをたてられたものだった。ちょっと男性の同僚と仲良く話そうものなら、もう男に手を出されているとか、複数と付き合っているなどと言われたものだった。迷惑な話だ、亜弓にとっては。彼女は外見よりも非常に地味な女なのだ。だから彼女が選ぶ男はいつも派手というよりも、誠実な感じを好んだ。彼女は母子家庭で育った。彼女は自分の優秀な能力やキャリアなどよりも、平凡で幸せな家庭を築きたいと思っていた。

「じゃ、今度の日曜、渋谷の交差点で、十二時に来てくださいね。待っています」

半ば、強引に、しかしやさしい笑顔で亜弓を誘う。

「いってらっしゃーい」と敬吾は見送ってくれた。何の不満もない。ないのが不満なのか……？　結婚を口にしない敬吾に少し亜弓はしびれを切らしていた。誰か、もっと素敵な人、現れないだろうか……と心の底では思っていたのだ。

いつもよりも少しだけ化粧を濃い目に、家の側でアトマイザーを取り出しめったにつけない香水をつけた。帰ってから敬吾になんと説明する？　実家の母がつけていたたものをつけさせてもらったと言えばいいだろう。そんなことを考えているうちに、約束の場所に着いてしまった。待っていると、黒いスポーツカーがやってきた。和彦の印象とは違った雰囲気の車。意外だった、良い意味で。黒い車に乗り込んで亜弓は和彦に挨拶をした。

「どこにしましょうか？　どこか行きたいところはありますか？」

と、尋ねられて、亜弓が好きな、

「じゃあ、水族館」

と、答えると、

「ＯＫ、じゃ、行こう！」

と言って走り出した。車を走らせながら、しばらくして和彦は亜弓に向かって言った。

「僕、昔、結婚をしようと思っていた女性がいたんです。でも、その人、僕と会う日、自転車に乗って僕の家に来る途中、車に轢かれちゃって、そのときはぴんぴんしていて大丈夫だったんですけど、後で容態が急変して病院に担ぎ込まれたときには、もう手遅れだったんです。あの当時、僕は高校三年生で受験目前。彼女の死をきっかけにもう勉強する気になれなくなって、それで高校卒業後すぐ東京に出てきたんです。誰も知らない地に来たくて……」

亜弓は何か言う言葉を探しているうちに、また和彦は話し始めた。

「僕はその人以外に結婚したいなんてそのときは思っていなかったんです。で、上京して、いろんな子と付き合ったけどダメでした。いつも、死んだ彼女に似ている人を探しては付き合って、違うと思うと一緒にいられなくなってしまって……だから、僕はもう一人で生きていくしかないって思っていたんです」

何をこの人は突然亡くなった彼女の話をしたりするのだろう。初めてのデートなのに……とも思った。だが、和彦の横顔は、懐かしそうに、そして寂しそうな顔で語っていた。亜弓はそんな彼を嫌いにはなれなかった。そんなにその人のことを好きだったの？　亜弓はもういないその女性に嫉妬した。

「竹下さんは、見た目僕のタイプとは正反対、派手顔でとっても遊んでいそうです。でも、その笑顔に僕は惹かれてしまったんだな。どんな人なんだろう、本当は。きつい、猫みたいな瞳の奥に潜む、そのやさしい眼差しはなんだろうって」

亜弓は和彦に向かって、

「あら、やだ！　私を派手顔とか遊んでそうとか思っていたんですかー？　ひどーい、もう、降ります！」

信号付近で徐行だったので、わざと亜弓はドアを開けて降りようとした。すると、「わー！　嘘です！　降りないでー！」と和彦が慌てた。亜弓はすぐさま扉を閉め、大笑いをした。和彦もつられて苦笑いをしていた。

水族館で若いカップル達はべたべたと腕を組んだり、手を繋いだりしながら自由に泳ぐ魚達を眺めていた。亜弓と和彦はその中でも少し浮いていた。亜弓がガラス越しにへばりついて魚を見ているのを、目を細めてやさしく笑い、少し離れて和彦は見ていた。なんだかお父さんに連れられてきた子供みたい、と亜弓は少し戸惑ったがそんな眼差しを亜弓は少しも嫌ではなかった。子供の頃、遠い日の得ることの出来なかった時……。何かを取り戻しているかのような錯覚に襲われた。亜弓が父親といられたのは小学校一年生のときまでだった。印象に残っているのは、最後に行った海。亜弓と父だけは砂でお城を作っていた。それを少し離れて見ている母、祖父母。おそらくもう、そのとき夫婦関係は修復不可能だったのだろう。亜弓もそれを知っていた。そして、この夏が父もいる家族で行く最後の旅行だったということも。ずっと父が母と一緒にいてくれたなら、水族館に行ってくれただろうか？　やはり、目を細めて私を見つめてくれただろうか？　そんな二人を見て、母はきっと幸せだったことだろう。

水族館でランチをしながら和彦は、

「竹下さんは、結婚とか考えてないんですか？　もう、今の彼氏さんとご婚約でもされているんですか？」

あまりに唐突な質問。

「いえ、それはまだ……」

あまり、敬吾のことは考えたくなかった。もっと和彦のことが知りたい。

「杉浦さんは、誰か特定の人はいらっしゃらないんですか？」

「和彦でいいですよ、亜弓さん」

初めて彼に名前を呼んでもらって、ドキッとした。亜弓は和彦に惹かれている。そう気付いたとき、彼には気付かれまいと、その胸のざわめきを収めていた。

「いないから、今、亜弓さんの目の前に座っているんです」

また、例のやさしい微笑だ。

それから他愛のない話をした後、和彦は帰りの車の中で

「また、会ってください。僕から誘います」

そう言い残して亜弓を近くの駅で降ろしていった。


和彦と会った夜、敬吾との食卓はごく普通のものだったが、夜のほうは別だった。

「ごめん、今日は疲れちゃった。お母さんと会ったからかな」

亜弓が断るのは珍しかった。敬吾ともう三年も一緒にいるが、セックスは一つも飽きることなくむしろ彼女は積極的だ。だが、それは彼女の気持ちが相手に向かっているときだけだ。それだけ、この気持ちの変化はあまりにも正直すぎる。和彦の心の陰に、亜弓は惹かれているのだ。そして、それは亜弓自身の体にも変調をきたしていた。――

敬吾に抱かれたくない。

電話が鳴る。秘書の亜弓は電話に出るのがすばやい。今日はいつにも増して、だ。昨日、和彦とのデートの後から彼のことが頭から離れなかった。

「はい、エイペックスジャパンでございます」受話器を置きため息をつく――。彼じゃない。

「竹下先輩、今日なんかへんですよ」

一つ年下の、新井洋子が、そう言った。

「え、どこが?」

「なんか、そわそわしてる」

「そうかなー、そう?」

今思えば、和彦は亜弓に携帯番号を聞かなかった。後でそれを悔やんだ。

午後二時過ぎに、一本の電話が鳴った。

「竹下先輩、一番に杉浦さんからお電話です」

待ちに待った電話だ。

「あ、どうも、お世話になっております。杉浦です。今度、御社のアソシエートパートナーの二階堂さんのパンフレット撮影の日についてなのですが――」

「ええ、ええ、では、二十三日の午後三時にブッキングしておきます。では、失礼致します」

受話器を置いた。

なんてことのない普通の電話だ。ふてくされながら、ＰＣの画面に目をやった。メールのマークが、ＰＣ画面の隅に出ていた。開いてみると、

――昨日はありがとうございました。声が聞きたくて電話してしまいました。すみません。今週の木曜日におじゃまします。追い返さないでくださいね。では。杉浦――

どきどきして息が止まりそうだった。そうか、彼に名刺を渡していたんだっけ。

――杉浦さん、お仕事お疲れ様です。昨日は楽しかったです。ありがとうございます。木曜、お待ちしております。竹下―― 送信――。

亜弓は、隣に座っている後輩の洋子に気付かれぬよう胸の高鳴りを抑えていた。恋が走り始めた。亜弓がいつも経験した、恋の始まりだ。今度は、彼か。久しぶりのときめきはとても楽しいものだったが、そんな心に一つ影を落とした。敬吾をどうしようか。今はまだ彼に話せない。三年も一緒にいてこれから和彦とどうなるか分からないのに、そのリスクを負ってまで今の状況から抜け出す必要はない。和彦との関係が確かなものになってから敬吾と別れよう。それが亜弓のやり方だ。汚いやり方と批判されるかもしれないが、彼女なりの回避なのだ。失うことの悲しみから逃れる為のやり方。自分が寂しくないように。

和彦は来週行われる撮影時の打ち合わせをしにやってきた。亜弓はいつもなら洋子にお茶を持ってこさせたが、今日は亜弓自らがお茶を持って和彦に出した。

「お元気でしたか？　竹下さん」

仕事モードだ。私を名字で呼んでいる。

「ええ、杉浦さんは？」

お互い見つめあいながら、どちらからともなくふきだしてしまった。

「なんだか恥ずかしいなー」

和彦は頭を掻きながら照れていた。亜弓はそんな和彦にときめいた。この人は、私のことが好きだ。そんなうぬぼれさえ芽生えてきた。だが、そのうぬぼれを確実なものにした。

「亜弓さん、明日の金曜、夕食いかがですか？」

彼女が断ることがないとでも言うように自信たっぷりに、しかし、いつもの物腰のやわらかいやさしい瞳で笑いかけた。

「ええ、でも……」

少しとまどった。敬吾のことを思ったからだ。

「今、答えなくてもいいですよ。気が向いたら僕の携帯に電話ください」

和彦は付箋にナンバーを記して亜弓のスケジュール帳に貼り付けた。また、いつものやさしい、しかし、自信に満ちた笑顔で意地悪っぽく言った。

「僕は、亜弓さんが会ってくれるって信じています」


――デパートの洋服屋の店内で、そわそわと亜弓は服を見ていた。まるで、どの服を試着しようか、というような感じで、一つ一つ見ながら、でももう、何も目に入ってこなかった。このドキドキは恋の始まりだ。亜弓は待ち合わせの時間になる三十分も前に来てしまっていた。こういう気持ちも久しぶりで悪くない。彼女の後ろか

ら和彦は
「お待たせ、亜弓さん」

亜弓は、いつもはパンツスーツが多いのに珍しくプリーツスカートだ。彼女らしくない、かわいらしい服。なんて分かりやすい女なのだ、自分は。でも、そのあからさまさも悪くない。だって素直な行動だもの。

「なんか、亜弓さん、かわいいな。今夜はデート仕様？　うぬぼれちゃうよ、俺」

そう笑って和彦は亜弓の肩をやさしく抱いた。結構大胆だ、この人。

和彦の話題は豊富で夕食も話がはずんだ。敬吾とは大違い。九州男児の敬吾は割とわがままな男だ。料理がまずければまずいとはっきり言い、亜弓の仕事の話はあまり聞かず自分のことばかり話す。あまり亜弓を愛しているとは言わない。それが原因で何度か喧嘩もした。

和彦はおとなしそうに見えるが、ちゃんと女の子を誉めるポイントを押さえている。

駅へ向かう足はなんとなくゆっくりだった。この夜、別れることを惜しむかのように……。和彦は立ち止まって言った。

「亜弓さん、僕とのこと、真剣に考えてくれませんか？　もちろん、今の彼とのことがあるから僕は無理強いできないです。亜弓さんが決めてください」

そんな風に亜弓にやさしい顔で言った。

「やっと、僕は見つけられた気がしたんです。僕を苦しみから救ってくれる人」

――あの女性のことだろうか。和彦はずっと忘れられなかったんだ。亜弓はそんな言葉に酔いしれてしまいそうだった。いいのだろうか、この人を信じて。敬吾との仲に問題はない。刺激はないがずっといてもいいかなと思わせる男だ。だが、亜弓が本当に好きなのかは分からない。本当に敬吾がただ一人の男性なのだろうか。そんな迷いもあった。そんなときに和彦のこの言葉だ。迷う。

和彦と別れ、家に戻った亜弓はどうしようかと考えた。もう、このままではいられない。

「敬吾、話があるんだけど、いい？」

「なんだよ、急に改まって」

敬吾はこれから起こるであろう、修羅場にまだ気付いていない。

「別れたいの」

亜弓はうつむいて、ポツリと言った。

亜弓は翌日敬吾の家を出た。三年付き合った。いろいろあった。でも、今は先のことを思おう。鍵をポストに入れて、もう戻らないという決心と共に。

亜弓は久しく帰っていない自分のアパートに帰った。本当にこの一年敬吾の部屋にばかりいて亜弓の部屋はほとんどもぬけの殻だった。

「なんだか、生活感ないなー」
今まで自分の家にいることより敬吾の家で過ごすことが多かった。花を買ってきてきれいに部屋を飾ろう。本当に亜弓のアパートは何もなかった。いろいろ買い揃えなくては。かわいい食器を揃えよう。和彦が家に来たとき、こんな生活感のなさでは不自然だ。

――三ヶ月後、亜弓と和彦はすっかり恋人同士になっていた。敬吾からはたまに電話がかかってきたが、出ないでいるうちにかかってこなくなった。和彦は、最初の頃と変わることがなく、物静かでやさしい男だった。亜弓も素直に幸せだと言えるだろう。二人で初めて迎えた冬。亜弓の家で食事をしてテレビを見ていたとき、懐かしい曲がかかってきた。スキーのコマーシャルで九年ほど前にブレイクした歌がテレビから流れてきた。

「あー、懐かしいなー。いい曲だったよね」と亜弓が言うと、和彦の横顔は妙な感じだった。

「……。あまり好きじゃないんだ、この曲」

「そうなの？」

亜弓は、その続きを聞きたくない気がした。だが、和彦は続けた。

「俺と死んだ彼女が付き合い始めた頃によく流行った曲で思い出の曲だったんだ。だから思い出しちゃうんだ。ごめん、亜弓にこんなこと聞かせたくなかったんだけど」

亜弓はその女性のことを知りたかった。どんな人だったの？　死んだ人間はもう戻ってこない。だからこそ、生きていた頃の思い出だけが残って、その思い出は甘く切ないものとなって和彦の脳裏に焼きつく。その人を愛していた記憶。交通事故で突然彼女を失っていたという記憶。あの当時は親にも打ち明けることができなかった。北海道生まれの和彦と死んだ彼女は同じ電車に居合わせた同士だった。和彦と降りる駅が同じで和彦の方から声をかけた。そんな風に始まった恋。お互い付き合い始めは恥ずかしくてわざと車両を変えて、隣の車両に乗り、彼女に見えるところからアイコンタクトをしたりした。好きだった。突然彼女が逝ってしまったことによってますますその思い出は淡く切ないものとなって、和彦を苦しめた。どうしても忘れられない。

「名前はなんていうの？」

亜弓は和彦に聞いた。和彦の苦しみを亜弓は取り除いてやりたかったし、それに亜弓自身、死んだ人間に張り合うという気持ちもあった。

「美樹っていったんだ。おとなしい子だったよ。俺が高校の野球部にいた頃、試合があるとよく見にきてくれたよ。ユニフォームとか洗ってくれたりしてさ」

亜弓は聞きながら悲しくなっていた。どうにか和彦に忘れてほしいと思った。美樹という女性がずっと彼の心にいてほしくなかった。亜弓はどんな言葉を返してよいか分

からなかったが、言葉より先にもう涙があふれていた。和彦は慌てて亜弓の頬に触れながら

「ごめん、俺、こんなこと話しちゃまずいよな。嫌な思いをさせた。もうこのことは話さないよ。亜弓は知らなくていいことなのに」

亜弓は言いようもないぐらいに悲しかった。死んだ人間にはかなわない。いい思い出だけがますます彼女を偶像化し和彦に住み着いているのだ。取り去ることなんてできない。

「でも今は俺、幸せだよ。亜弓とこうして一緒にいる。このことは確かなことだし、俺が亜弓を大切に思っていることは本当だよ。だから泣いたりしないで……ね？」

そう言ってなぐさめる和彦に聞きたかった。美樹さんがもし生きていたら、私と美樹さんのどちらを選ぶのか、と。亜弓は心の中で美樹を恨んだ。和彦の心から出て行って。

あの日以来、亜弓は和彦に美樹のことを聞かなかったし、和彦もまた口にはしなかった。

「竹下先輩、今付き合っている彼氏さんとはどうなってるんですか?」後輩の洋子が興味津々に聞いてきた。

「うん、うまくいってるよー。でもプロジェクトマネージャーには内緒よ!」

洋子にだけは和彦と付き合っていることを話していた。

「竹下先輩と杉浦さんがねえ、意外なカップルだけど、うまくいっているんですね! 良かった!」

亜弓の見た目では和彦みたいなタイプがものたりないように見えるのだろう。亜弓は合コンなどでよく誤解をされたものだった。声をかけてくる男はチャラチャラした遊び人のようなタイプばかりだった。きっと、見た目で同類だと思って近づいてくるのだ。冗談じゃない。そんな男達とは付き合わない。

亜弓のタイプは物静かで包んでくれるような男性だ。和彦は今までの男の中でももっとも亜弓のタイプとする男に近かった。だが、亜弓は和彦の心に深く住んでいるだろうか？　それが、不安となっていた。不安があると、それを払拭すべく女は探究心が強くなる。自分が知らないほうが幸せだと分かっていても知りたい。知らずに不安を抱くより事実を知って受け止めて消化したいのだ。そんな思いが和彦の部屋でこんなことをさせてしまう。

「あ、煙草切れちゃった。コンビニに行ってくる。亜弓、なんか欲しいものある？」

和彦のベッドで裸の体を毛布で包まれている亜弓は

「うーん、じゃあ、野菜ジュース買ってきてー」

「ＯＫ」

和彦が出かけていった。すぐ側のコンビニだ。亜弓は和彦のアパートにいた。最近週末はいつもどちらかの部屋に泊まって過ごしていることが多い。和彦の部屋は男のわりに几帳面で片付いた部屋だった。和彦のデスクに目をやると、足元に卒業アルバムなどがならんでいた。亜弓はなんとなしにそれを手にとってしまった。和彦の高校時代、どんなだったのだろう。和彦に悪いとは思ったが、見たいという気持ちが勝ってしまいページをめくってしまった。パラパラとめくっているとG組というところに和彦は写っていた。笑顔は昔から変わっていない。あのやさしい微笑だ。野球部の集合写真でも彼は写っていた。もうすぐ彼が帰ってくるからもうしまっておこうとアルバムを閉じようとしたとき、一枚の写真が間から落ちてきた。拾った瞬間心臓が止まりそうだった。そして鼓動が早くなった。そこに写っているのは野球のユニフォームを着た姿の和彦とその隣に美樹が写っていた。二人とも似たような笑顔で笑っていた。美樹はたまご色のイエローのアンサンブルのニットにかわいらしい水玉のシフォンスカートをはいていた。けして亜弓の選ばない色。似合わないからいつもビビッドな色しか亜弓は身につけない。二人はお似合いだ。亜弓といるときの和彦よりもこちらの方がしっくりきているようだ。

「トントントントン……」

階段を駆け上がる音がした。急いで亜弓はアルバムを元に戻してベッドへもぐりこんだ。まだドキドキしている。あの女性が美樹という人。そして、その人は、もういない。

「ただいまー」

和彦がコンビニ袋を下げて帰ってきた。亜弓は目をつぶって眠っているふりをした。

「あれ、亜弓、また寝ちゃったか」

和彦は一服してからベッドに滑り込んできた。亜弓を抱き寄せながらおでこに軽くキスをした。亜弓は目をつぶって和彦に抱きしめられた。本当は泣き出してしまいそうだったけれど、彼に写真を見たことはけして言えないから。後悔が亜弓を襲っていた。見なきゃ良かった、アルバムなんて。だが美樹は確かに亜弓とは対角線上に位置する女だった。美樹は色白でおとなしそうだった。笑った顔は和彦に似たやさしい顔だった。

あんな風に私は笑えない。亜弓は思った。和彦は本当に亜弓を愛してくれているだろうか？　こうして付き合って半年になるが、この先どう考えているのだろうか。今は幸せだがずっとこのままでもいられない。比べているのだろうか、美樹と自分を。

こんなことなら早く結婚したいな、と亜弓は思った。揺るぎない立場が欲しいのだ。和彦にとって亜弓はどんな風に見えているのだろう。結婚する相手として見てくれているのだろうか？　もっと二人の確かなものが欲しい。

結婚は亜弓にとって崇高なものだった。亜弓の両親が離婚した様を見て、子供ながらに亜弓はひどく傷ついていたのだ。

父を失った悲しみを母にも祖父母にも言うことができなかった。父の血を引く亜弓は時として祖父母から責められたものだった。亜弓の父親は母と結婚する前から付き合っていた女と、母と結婚した後にも続いていたのだ。母にとって屈辱であっただろう。亜弓もそのような不貞をした父の娘というのが嫌だった。彼女にとってもの心ついた頃から結婚する相手は完璧でなければならないと心に植え付けられていた。彼女だけを愛する誠実な男。和彦はそのような男だろうか？　亜弓が気になるのは二点だ。まだ和彦が美樹を忘れずに昔の影を追っているのか？　そして亜弓を結婚する相手として見てくれているのだろうか？　どうか亜弓がその相手だと思ってほしいと願った。美樹を思い出したりする和彦に心の中では腹を立てていたが、逆にその彼の一途さにも惹かれているのだ。もしも亜弓を結婚の相手として考えてくれたとしたら、この人が他の女に目がいったりするわけがないと思った。これこそまさに亜弓が求めている男性像だ。結婚は完璧なものでなければならない。そう亜弓は思った。そして、また和彦のことを思った。――私を心から愛してほしいと――

亜弓はそんな心の闇を抱えながらそれでも表向きは本当に和彦と亜弓はうまくいっていた。もうすぐ一年になる、この関係、そろそろ言ってはくれないだろうか……結婚しようと。

和彦は亜弓と付き合うようになって本当に充実していた。七年前に経験した美樹を失った悲しみは確実に亜弓と過ごしていく日々で癒やされ埋められていった。もしも、美樹と行くならこんな店で、こんな風にお酒を飲んで……。亜弓と過ごすことで、その美樹との恋愛をやり直しているような感覚だった。こんなにも姿かたちは似ても似つかないのに。和彦は普段は仕事ができるお姉さん肌の面倒見のいい彼女が、和彦に見せる、頼りなげな寂しがりな亜弓のその目に惹かれていた。そして、何より和彦に見せる笑顔は本当に彼女をとびきり美しく引き立たせ、とても幸せそうな笑みが和彦自身を癒やし、救ってくれていた。こんな笑顔を見せてくれる子はいない。なのに、時おり和彦に見せる頼りなげな不安な目は美樹を思わせる儚さが感じられるのだ。こんなにも亜弓は元気で「生きている人間」と感じさせるのに。

亜弓は仕事帰りに両手いっぱいの買い物袋を下げて和彦の家へと向かっていた。歩きながらショーウィンドーに映る自分の顔を見た。亜弓は自分の幸せそうな笑みを見た。街はイルミネーションに包まれて、街路樹はきれいに飾られていた。キリストの誕生を祝うクリスマスイブだ。日本人にとってもクリスマスは一大イベントだ。本当にこんなに街がきれいに飾られるのはこの時期以外にないだろう。夜空を見ながら白い息をはいた。亜弓は急いで和彦の部屋へ赴いた。もう、合鍵は持っている、お互い。そしてイブは和彦の部屋で過ごすのだ。和彦が帰ってくる前にテーブルを整え料理の準備をしていた。かわいい小さなクリスマスツリーがピカピカと光って部屋を飾っていた。

「ただいまー」

和彦が帰ってきた。亜弓は赤いワンピースに身を包んでかわいらしい様子で彼を迎えた。いつもパンツスーツやGパンが多い亜弓だったので和彦は驚いてしまった。

「亜弓、かわいいじゃん。とっても」

亜弓ははにかんだ。本当にこうやって毎年クリスマスを二人で迎えたい。そして三人、四人と家族が増えたとしても、この夜のように温かく和彦を出迎えたい。


和彦はベッドで亜弓にこうつぶやいた。

「亜弓、俺と、結婚、考えてくれないかな」

SEXしながら言う言葉を信じてはいけないと聞いたことがあったが、このときの亜弓はうれしくて涙が出てしまった。彼女が待ちに待っていた言葉。亜弓にとって和彦は本物だ。彼女の欲しかったもの、欲しかった全てだ。


PCのマウスを動かしながら亜弓は笑いがあふれていた。

「竹下先輩、なんか、イイコトありました?」洋子はいぶかしげに亜弓に話しかけた。

「え？　なんで？」

亜弓はまだ気付いていない。仕事中に笑顔一つ見せず大急ぎで電話をとっていたのに今日の横顔といったら、ずーっとニンマリと笑っていたのだ。亜弓は幸せの絶頂だ。こんなにも幸せを独り占めしても良いのだろうか？

和彦は亜弓を過去の呪縛から解き放ってくれる相手だと思っていた。やっと、苦しみから解放される。本当に生きている女性を愛せている。今まで本当に比べてばかりの年月を重ねていたのだ。

亜弓が希望した通りオーストラリアの教会で自分の母と和彦の家族に見守られ、結婚式を挙げた。教会の外は芝生が青々としていて、そのすぐ近くに流れる川から上がって日向ぼっこをしているカモ達がのんびりとたたずんでいた。

「川の側で結婚式を挙げると幸せになると言われているんですよ」

コーディネーターのオーストラリアの女性は流暢な日本語でそう言った。ライスシャワーを浴びながら亜弓は白いウェディングドレスを身にまといとても幸せだった。とても晴れていて太陽の光があたって川面がきらきら輝いていた。シャンパンで乾杯しながら和彦と亜弓はこの上ない幸せと希望を感じていた。

亜弓と和彦の結婚は周囲の人間にとても祝福されていた。何より、亜弓の母は一番喜んでいた。和彦のようにやさしい男が亜弓の夫となったからだ。一人娘には自分のようになってほしくない。亜弓の夫はまじめで誠実な男でなくてはならない。娘の選んだ男はそうであってほしい。

３ＬＤＫの新居は新婚の雰囲気が漂うとても幸せな部屋となっていた。食器棚には統一された皿が並び、テーブルには花がいけてあり、南向きの窓からは明るい光が差し込んできている。リビングにはオレンジ色のソファー、白いサイドボード、二人の結婚式の写真が飾られている。何もかもが新鮮で亜弓にとっては喜びだ。やっと願っていた理想的な結婚生活、これから和彦とずっと一緒だ。こんなにうれしいことはない。

——結婚は順調だった。二ヶ月ほど経って、亜弓にとっては初めての経験、妊娠だ。

「妊娠四週目に入っていますね。おめでとうございます」

亜弓は天にも昇る気持ちになった。和彦も聞いてすぐに喜んでくれた。突然のことで驚いたが、子供が好きな和彦は心からその朗報を喜んだ。

亜弓は妊娠・出産の情報雑誌を買い、母親になる備えなどを読んでは、どんどん自分が母になる自覚が芽生えてきた。食べ物にも気を遣った。和彦もよく家事を手伝ってくれていた。本当に一つ一つ、亜弓は夢を実現していた。こうして家族が増えていく喜び、何年後か何十年後かにも、そう感じていたい。

和彦の方も同じように感じていた。亜弓が妊娠して毎日楽しそうにお腹に話しかけている姿を見ていると微笑ましくて亜弓がかわいかった。ただ、残業が多くて亜弓に負担をかけることが和彦にとって心苦しかった。もっと一緒にいてやりたい。和彦はそんなことを考えながら、帰宅途中、電車に乗り窓ガラスに映る自分の姿を見ながら、つり革にぼんやりとつかまっていた。しかし、その後すぐに和彦の顔は緊張でこわばっていた。窓ガラスに映る自分ではない、もう少し右の自分の並びに立ってつり革につかまっている女の顔を見て、だ。「美樹……？」心の中でそうつぶやいた。信じられないような思いでもう一度映った窓ガラスを見てみた。だが、それはただ本当に似ている女性だと気付くのに時間がかかった。和彦は胸がドキドキした。美樹が生き返ったような気がした。ストレートの長い黒髪だった。そんな姿まで同じで、自分の目を疑った。

その女性は一つ手前の駅で降りていった。脱力し、和彦はうなだれた。なんとも言えない心の動揺。そんな和彦の心の動揺に亜弓はまだ気付いていない。毎日が楽しそうだ。和彦はふと思った。美樹がもし生きていて結婚したらどんなだったのだろうか、と。一週間ほどして和彦が帰宅途中にまた会ってしまった。彼女だ。先週、美樹に瓜二つの女性を見かけてしまってから美樹のことを思い出してばかりいた。こんなにも現実は幸せで安定しているのに。和彦は女が一つ手前の駅で降りるのを見た瞬間、和彦も続いて降りてしまった。後を追い、女の肩をたたいて言ってしまった。

「美樹！」

女は振り返って怪訝そうな顔をする。和彦は、すみません、とてもよく似ていたので声をかけてしまったと謝った。そうすると女は笑って許してくれた。

「そんなに似ていたんですね、じゃ」

そう言って、すたすたと歩いて行ってしまった。

和彦は自分自身に笑ってしまった。

「何をやっているんだ、俺は」

どうにもならない、俺はいったい何をしたかったんだ。自問しながら答えることができないまま家路に就いた。

亜弓がいつも通りにこやかに出迎えてくれた。そんな笑顔が痛い。こんなに愛しいのに。

亜弓は妊娠を理由に残業を減らしていた。出産後も会社を辞めずに働くと言っている。出産後は休暇願を出して一年間育休に入るつもりだ。でも、もし産んでみて子供とずっといたかったら辞めてもいいと思っている。ある程度手がかからなくなったら働きだしてもいい。亜弓はそんな風に思いながらせっせと家事をこなしていた。和彦はそういう亜弓を見て結婚して良かったなと思っていた。だが、その思いと並行して別の思いが心の底でうめいていた。甘く切ない思い出。あの、美樹と瓜二つの女を思い出しながら、その出会いを後悔していた。どうして同じ電車に乗っていたのだろう。どうして俺は声をかけてしまったのか。美樹に似た見知らぬ女はだいたい同じ時間、同じ車両に乗っている。和彦はあえて同じ車両に乗り、さも偶然のように彼女と同じ並びのつり革につかまっている。すると、女の方が窓ガラス越しに和彦を見つけて微笑んだ。和彦は彼女の方から笑いかけてくれたことをうれしく思った。和彦もバツが悪そうに照れくさそうに、会釈をした。なんだか恥ずかしいな、というか、ドキドキしている自分がいる。女はつり革につかまりながら小説を読んでいた。美樹もよく電車の中で小説を読んでいた。札幌に出るまで三十分もかかるから、彼女が熱中して小説を読んでいる姿を初めはよく眺めていたものだった。そんな彼女に次第に惹かれて声をかけてしまった。そんなことを考えているうちに女は降りてしまった。和彦も思わず電車を降りて、そしてまた女の肩をたたいてしまった。

「すみません、あ、あの、先日は人違いをしてしまい申し訳ありませんでした。でも、本当に、その人に貴女が似ていて……。あの、お茶でもしていただけませんか？」

和彦は、何を言っているかさえ分からないほど胸が高鳴っていた。美樹に似た女は少し困ったような顔をして、そして、ためらうようにこう言った。

「そんなに似ているんですか？　どなたに似ているんですか？」

「僕の――、七年前に亡くなった彼女に似ているんです。本当に、嘘じゃありません。信じてください」

女は聞いてしまって悪かったというような顔をして、

「ごめんなさい。嫌なことを思い出させてしまいましたね。いいですよ、お茶だけなら、少し」

和彦は、思いも寄らぬ展開にもう舞い上がっていた。


「遅いな」

亜弓は時計の針を見ながら夕食のおかずをつまんでいた。つわりがひどいが栄養を取らねばとがんばって食べていた。もう、こんな時間。和彦からの連絡もなく、九時半をまわっていた。

「お名前はなんておっしゃるんですか？」

「吉沢ゆきといいます」

彼女は微笑んで言った。

「すみません、なんか、わざわざお茶に付き合ってもらって……、ありがとうございました」

「あんまり私の顔を見て泣きそうな顔をするんですもの。なんだかとても印象に残ってしまって……。亡くなった方にそんなに似ていたんですか？」

和彦は、泣きそうな顔をしていたのか、と思うと、とても恥ずかしくなってしまった。

「本当に、こんなに似ている方に出会えるとは思ってもみませんでした」

——二人の間に沈黙がおとずれた。

「いくらでも見てください」

ゆきはそう言って微笑んだ。三十分ほど他愛もない話をして店を出て和彦は駅に向かおうとした。ゆきは会釈をしてくるりと後ろを向いて歩き出そうとした。和彦は立ち止まって振り返り、ゆきを呼び止めた。

「ゆきさん、またこうやってお茶をしてもらえませんか?」

すがるような思いで和彦はゆきに言った。ゆきはちょっと戸惑ったが、

「お茶だけなら……」

そう言って笑ってくれた。お互い名前を名乗っただけで連絡先も聞かなかった。だが、いつもの電車に乗ればきっと会える――


「ただいまー」

和彦はいつものように帰ってきた、つもりだった。

亜弓はちょっとふくれっ面で玄関にやってきた。

「もう、何の連絡もないから、先に夕食済ませちゃった」

「あ、ごめん、遅くなるって連絡入れようと思っていたんだけど、帰り際に上司に捕まっちゃって」

とっさについた嘘。亜弓はすぐ気をとり直して
「心配して損しちゃった。遅くなるときは電話してね」

そう言って笑った。笑った顔を見て和彦はほっとした。これが現実だ。俺は、この現実を生きている。

　この日を境に和彦は帰宅が遅くなっていった。

「ごめん、今日も十一時過ぎぐらいかな。先に夕食を済ませてね」

亜弓はため息をつきながら電話を切った。和彦の帰りが近頃遅い。仕事だというのは分かっているのだが。妊娠十週目に入った亜弓はつわりがひどいのだ。和彦に一緒に

いてほしい。そんな寂しさを和彦には言えないまま過ごしていた。

和彦はあの出会い以来、ときどきゆきと電車で一緒になったときにお茶をしたり、食事をするようになった。食事をしながら和彦は妙な気分だった。何かをやり直しているような気がした。何を――？　ゆきと過ごすことによって失われた時間を埋めているのだ。やり直している、こんな不思議な錯覚、悪くはない。美樹に似ているゆきには別れたばかりで彼がいなかった。ちょうど良かったのかもしれない。自分を美樹という女性に見間違え泣きそうな顔で和彦はゆきを見た。そのまま身代わりになってあげたいなと、ゆきは思っていた。何しろ、ゆきと会っているときの和彦はとてもうれしそうで見ているこちらもうれしくなった。この笑顔をずっと見ていたいと思わせた。

和彦は亜弓に内緒でゆきと会っていることに心を痛めた。だが、そう思うのは亜弓と一緒にいるときだけで、それ以外ゆきといるときは逆に現実を忘れることができた。ゆきには自分が結婚していることもむろん、妻が妊娠していることも告げていない。つまりはゆきのことはしばらくだけの付き合いだということだ。現実は明らかにこの先ずっとあり続けるものだからだ。夢は現実にはなりえない。

亜弓はつわりがますますひどくなっていた。食べ物を受け付けないほど体調をくずしていた。時計の針が十時半をさしている。和彦は今日も遅い。和彦も父親になるべく心構えを持ってほしいのに。

「じゃ、ここで」

駅の改札に行こうとすると、ゆきは和彦に向かってこう言った。

「和彦さん、私を美樹さんだと思ってくれませんか?」

「え?」

和彦はゆきの言っていることが最初分からなかった。

「私と付き合ってくれませんか?　もちろん美樹さんを思い出して重ねてくださって

も構いません」

「でも、俺は……」

和彦は突然のゆきの言葉に戸惑ってしまった。

「知っています。ご結婚されているんですよね。奥様と歩いているところをお見かけしました」

和彦は全て知った上で告白してくるゆきに驚いてしまった。

「俺は、ひどい男だな。本当に、ゆきさんにも、亜弓にも」

そう言いながら言葉よりも先にゆきを抱きしめてしまった。初めてゆきを抱き寄せ、罪悪感と喜びが入り混じった奇妙な感覚を覚えた。

電話が鳴った。亜弓が出ると和彦からだった。

「今日は遅くなる。もしかしたら、泊まりかも。先に寝ていて。ごめんな」

亜弓は

「分かった。あんまり仕事しすぎないようほどほどにね」

そう言って受話器を置き、ため息をついた。

「相談したいことがあったのに」

亜弓は今日産婦人科の検診で、ある不安なことを医者から聞かされていた。

「杉浦さんの赤ちゃん、もしかしたら育っていないのかもしれません」

エコーで見てみると子宮にいる我が子が十二週目に入っても育っていないのだ。様子を見て来週もう一度来てほしいとのことだった。もし、来週見ても成長していないようだったら稽留《けいりゅう》流産するしかないと言われた。

亜弓は自分が手に入れたこの幸せを失いたくなかった。和彦がいて自分がいて子供がいる生活。失われた家族を自分自身の手で再び取り戻すのだ。亜弓は神に祈った。どうか我が子が生きていますように。和彦はその日帰ってこなかった。亜弓は和彦が帰ってこなかったのを不安には思ったが疑うことはなかった。私達は愛し合っている。

和彦はゆきのアパートに泊まってしまった。罪悪感とうれしさが入り混じって和彦の心は複雑だった。亜弓を愛している。それに嘘はない。俺は何をしているんだろう。

亜弓は食卓についている和彦に

「昨日はどこに泊まったの？」

「ああ、お客さんと一緒に新橋のカプセルホテル。飲みすぎたよ」

嘘も慣れてきた。

「実は、和彦に相談したいことがあるの」

いつになく亜弓が思いつめていた。まさか、ゆきとのことを知られてしまったのだろうか？

「どうしたの？」

「赤ちゃんが育っていないって、お医者さんに言われたの。一週間後にまた検査なの。

もし、成長していなかったら赤ちゃん、流産させなきゃならないって」

「えっ？」

和彦はゆきとのことで悩んでいたのではないということにほっとしてしまった。だが、亜弓のお腹の子を流産してしまうかもしれない、ということにうろたえた。和彦は亜弓を抱き寄せながら、

「ごめんな。こんなときに寂しい思いをさせて」

亜弓は涙を流しながら和彦に抱きついた。和彦は内心自分を責めていた。こんなことになったのは俺のせいじゃないか、と。

　亜弓は毎日を不安に感じながら過ごしていた。会社も二週間休暇を取った。和彦は仕事が手につかなかった。亜弓のお腹の子が育っているのかということ、ゆきとのことと、気持ちがひどく揺れていた。ただ、ゆきとのことを思うと、ひどいようだが、甘く切ない思いがして、和彦の心をときめかせるのだ。もう、離しはしない、美樹。名

前も似ている……ゆき。

　亜弓は今日も妊娠・出産の情報誌を読みながら母となる心得を学んでいた。我が子が生まれる、こんな喜びが自分の体の中に宿っているのに、それとは反対にとても不安にさせることが起こっているのだ。流産、こんなことが自分に起こるかもしれないなんて。

　亜弓は健康な人間だ。愛する人の子供を産みたい。どんなことをしても。そう思いながらふと和彦のことを思った。最近、帰りが遅い和彦。仕事が忙しいのは分かるが彼は本当に亜弓との子を心配しているのだろうか？　そんなことが頭をよぎった。ここ最近帰宅の遅さで亜弓は不安に思ってしまった。和彦の心が見えない。彼は亜弓の体のことをどう思っているのか。もしも流産したら自分はもう子供を産めない体になってしまうのか。神様、この子を助けてください。和彦と私の子を。

亜弓は気分転換に代官山へ出た。自分の住んでいる隣町の駅だがめったに降りたことはなかった。オープンカフェに座りながら亜弓はオレンジジュースを頼んだ。もう、夕方近かった。そろそろ帰らなくては。そう思いながら通りを眺めていた。――亜弓は通りを歩いている人に目を留めた。見慣れた、自分の親しい人間だ。だが、そこには自分の目を疑うほどの人間が隣にいることに気付くのにそう時間はかからなかった。いや、知っている人間ではないが、ある意味、とてもよく知っている人間だ。

――美樹さん？

自分の夫が美樹と歩いている。いや、美樹に似た人と歩いている？　亜弓は自分の血流が逆に流れるような気分に襲われた。なんとも言えない感覚。

亜弓は笑ってしまった。ああ、和彦は今幸せなのだ、と。彼が愛した人と、今、一緒に時を過ごしているのだ。オレンジジュースが夕日に照らされて美しかった。ああ、この日を忘れはしないと亜弓は思った。

見慣れた男性が通りの向こう側を笑顔で通り過ぎていく。――あの人は誰？　美樹ではない、だが、そっくりだ。和彦が愛した女性、そして死んだ女、美樹に。左目から涙がこぼれた。通り過ぎていく二人を追いかけて責めることもできない。神様、私は何かあなたに悪いことをしましたか？　どうしてこういう風になるのですか？　亜弓は自分の人生を呪った。こうやって一人でいる自分。和彦が美樹とそっくりな女性と歩いているのを見てしまった自分。流産するかもしれない子を持つ自分。今、この状況全てを呪った。なんてことだ。自分が想像もしなかった状況だ。私を助けて。

買い物袋を下げて帰る亜弓は思ったよりしっかりした足取りで家路に向かっていた。和彦は今日も遅いか帰ってこないだろうな、と。その予想は確実なものだということを亜弓は知っていた。

亜弓は思ったよりも自分がショックを受けていないことに気付いた。そうなのだ、分かっていたのだ。こうなる予感を潜在意識で感じていたんだ。そして怖れていた。いつかこのような事態になるのではないか、と。亜弓は美樹の影にずっと追われていた。和彦の好きなタイプと違う自分自身に引け目も感じていた。自分が彼女と似ている人間だったらどんなだっただろう。和彦のお眼鏡にはかなっていた？　美樹とまったくタイプの違う自分を亜弓自身は誇っていたが、怖れてもいた。本当は似ていれば、和彦がもっと愛してくれたのではないか。美樹に対して密かな劣等感を抱いていた。亜弓は今日の出来事を見て本当に実感してしまった。美樹に勝てない。そのことだけが頭の中をめぐって和彦に対する怒りなどどこかにいってしまった。どうして私は美樹に似ていないのだろう。神様、どうか私を美樹さんに似せてください。和彦の好きだった美樹さんに。美樹さんはどんな人だったのだろう。亜弓は和彦の高校のアルバムを開いた。そこには生きていた美樹が和彦と一緒に並んで微笑んでいる。北海道の子のように顔色が雪のように白くてストレートの長い髪が黒くてそのコントラストが美しい。亜弓の茶髪の色、日に焼けた、浅黒い自分のものとはまったく違っていた。写真を見ながら涙が出てしまった。和彦は今生きている美樹を抱くだろう。それがたとえ違う人間だとしても、それでもそのときが満たされているのだろう。私とではなく、その見知らぬ女を抱いて。そう思っても和彦を憎めない。昔の恋の呪縛から解けない和彦が愛しくてしょうがない。逆に自分自身を責める。どうして美樹に似ていなかったのかと。帰ってくる彼をどう受け止めようか、考えても答えは出ない。どういう態度に出るかそのときになってみないと分からない。

「ただいまー」

和彦はいつものように帰ってきた。いや、いつものようなフリをして帰ってきた。

「おかえりなさい」

満面の笑みで和彦を迎えた。それが、亜弓が取った和彦への挑戦だ。涙など見せない。あなたは私の夫なのだから。それは、ゆるぐことのない事実なのだから。だから和彦の前では貞淑な妻に徹しよう。神様、私と赤ちゃんを守って。

「ご飯食べた？」

「ああ、軽く同僚と食ってきたよ」

「そう」

背広を脱ぎながら和彦が答えた。

「風呂に入ってくるよ」

和彦はすぐバスルームに行ってしまった。

亜弓はこれからどうやって生きていこうかと考え始めていた。子供を産んで、和彦と楽しく結婚生活を続けられるだろうか？　いや、どんなことをしても美樹には負けたくない。一生彼にはそんな嫉妬心も見せないで、良い妻を演じられるだろうか？

和彦がどんなに亜弓と結婚をしたことを後悔してあの女と一緒になりたいと言ってもけして離婚届になんて判は押さない。

「明日、病院に行ってくるね」

亜弓が言ったことが和彦には最初分からなかった。

「あ、そうか！　明日検査か！　心配するな、きっと大丈夫だよ」

和彦の言葉に密かに腹を立てた。大丈夫って何の根拠があってあなたは言っているの？

私達の赤ちゃんなのよ、他人事のような言い方はやめて。

「うん、明日は早く帰ってきてね」

和彦は頷いた。どんな思いであなたは私を見ているの？


エコーを見ながら女医先生は残念そうに亜弓に言った。

「赤ちゃん、やはり子宮の中で死んでしまっています。残念だけど、流産ですね」

「どうしても、ダメなんですか？」

亜弓は涙を流しながら女医に懇願した。

「このままにしておいたらあなたの体にも影響が出てしまうからね。かわいそうだけど、今回はあきらめましょうね」

そう言われて、亜弓は泣きじゃくった。うまくいかないときはいつだってこう。自分の願いとは逆に向く。悔しい、愛する人の子供も産めない。


和彦は亜弓に言われたとおり珍しく早く帰ってきた。亜弓は和彦の顔を見たとたん、泣き出してしまった。和彦はうろたえた顔をして、

「亜弓、子供、ダメだったのか？」

抱き寄せながらそう言った。

「あさってから四日間入院するから。手術の日には一緒にいてね」

亜弓は涙をこらえながら和彦にこう言った。

流産だから中絶と違って保険が利くと言われた。そんなお金のことを聞かされてはっきりいって気分は良くない。手術の日の前日に直接局部に注射をされた。その痛みは一生忘れることはできない。流産や中絶も産みの苦しみと同じように痛みを伴うのだ。男には言ってもけして分からない痛み。亜弓はまた涙がこぼれた。今の涙は悔しさからくるものだ。和彦は亜弓に隠れて浮気をしている。それも、死んだ美樹に似た女性と。望みの子供でさえ、こんな形で奪われてしまった。亜弓が手に入れた家族がこんなにも簡単に失われてしまった。私はこれから希望を持って生きられるだろうか？　父と母は父の裏切りが原因で別れた。自分はこんな間違いはけして起こしたくないし、そうはならないと信じていた。和彦は亜弓にとっては信頼できる存在だったが、和彦の不貞が分かった瞬間から全て、亜弓の自信が崩れてしまった。

「亜弓、もう泣かないで。ごめんな。最近一緒にいてやれなくて、寂しい、つらい思いをさせてしまったね」

和彦が亜弓の頭をなでた。亜弓は泣くばかりで、目も腫れて頭も痛い。昨日局部に打たれた注射の副作用で体が熱っぽい。

「杉浦さん、そろそろ手術の準備に入りますから、ご主人様はお部屋で待っていてください」

看護師が和彦に告げた。手術台に上がった亜弓は涙が出てしまった。

「泣かないでね、杉浦さん。このままにすることはできないんですよ」

そう言われ、麻酔をされ、眠りに落ちた。

「杉浦さん、目が覚めましたか？　終わりましたよ」

亜弓はだるい体を起こそうとしたが動かない。

「しばらくこちらで休んでお部屋に戻りましょうね」

こうして、亜弓の子宮から小さな命が絶たれた。

部屋に戻ったとき、和彦は誰かと携帯で話していた。亜弓が入ったとたん和彦はすばやく電話を切った。

「亜弓」

和彦は心配そうな顔をして亜弓をベッドに横たわらせた。

「誰と話していたの？」

「ああ、会社の同僚だよ。仕事の話をしてた」

「なら、すぐ切らなくても良かったのに」

あの女と話していたのね。亜弓は確信していた。

「和彦、私は大丈夫だから、もう仕事に戻って。最近、忙しいんでしょ？」

「ああ、でも、今日はいられるまで一緒にいるよ」

そう言って、頭をなでてくれた。和彦の言葉に亜弓はうれしくも思ったが、一人にもなりたいと思っていた。和彦に対して、聞いてしまいそうになる。あの女のことを……。和彦は亜弓が眠るまで手を握りながら、見つめていた。

「ごめんね、和彦、あんなに楽しみにしていた赤ちゃん、産んであげられなくて」

「何言っているんだよ。亜弓は悪くないんだよ。謝らなくていいよ。目をつぶって眠りなさい」

亜弓は一筋の涙をこぼしながら目をつぶった。美樹に似た女よりも確実に優位に立ちたかったが、流産して傷つくのは自分ばかりだ。心底、悔しくてしょうがなかった。そう、和彦に本心を言えないこともまた腹立たしく思われた。

退院の日、亜弓は和彦の迎えを断った。仕事が忙しいから来なくていいと。

「杉浦さん、今度は元気な赤ちゃん産みましょう。一週間後に術後の経過を見ますので、来てくださいね」

いつまで私の子宮はかきまわされるのだろう。そういう嫌悪感を持ったが、女医には丁寧に頭を下げた。

家に戻ってきた。少し散らかったキッチン、居間で遅くまでいた様子がうかがえた。片付けをしながら、亜弓はふと電話の位置が変わっていることに気付いた。居間のサイドボードの端に置いてある電話がコードを延ばしてソファーの脇に置いてあった。いつもの和彦はそんなに長電話をしたことがない。たいてい十分もしないで切ってしまう。珍しいな、こっちまで引っ張ってきてしゃべっていたんだ。誰と話していたんだろう？　亜弓は嫌な予感がした。もしかしてあの人と電話していたの？　亜弓はリダイヤルボタンを押してみた。三度ベルが鳴った後すぐに

「はい、吉沢です。ただいま留守にしております。ご用件のある方は発信音の後にメッセージをお残しください。ピー」

亜弓はすぐさま受話器を置いた。どきどきと胸が高まった。あの人の声だ。和彦が愛

してやまない美樹の分身。涙がこぼれた。こんなことをしている自分にも、彼女の声を聞いてしまったことにも、嫌気がさした。こうやっていつまで私は美樹の影に怯えて生きていかなければならないのだろう。美樹の呪縛から逃れられないのは和彦だけではない。亜弓もそうなのだ。亜弓こそ、憎くて仕方なくて、やり場のない思いを抱えている。和彦はいい。身代わりを見つけたのだから。身代わり……。亜弓は和彦の高校のアルバムを開いた。いつも通り美樹と和彦の写真が挟んであった。美樹ははにかむように控えめに笑って和彦の隣に立っていた。かわいらしいたまご色のアンサンブルのニットに水玉のシフォンスカート。亜弓のけして選ばない色合い、選ばない服。

「私も、美樹さんみたいになりたい。そうすれば和彦だって私のこと、愛してくれる」

自分でも何を言い出しているのか分からないほどおかしなことを口に出していた。美樹の持つ雰囲気を一枚の写真から読み取ろうとした。どんな人だったのだろう。

退院の日、和彦は花を買って帰ってきた。白のカスミソウにピンクのスイートピーの淡くてかわいい花達。

「亜弓、ただいま。あの、俺達の赤ちゃんにと思って……、買ってきた。俺、こんなことしかできないから」

亜弓は泣きそうになってしまった。彼が事実何をしているかは知っている。だが、このやさしさは、今は亜弓だけに向けられているものだ。誰にも愛する和彦を渡したくはない。

「ありがとう、和彦。じゃ、このクリスタルの花瓶に飾ろうか。かわいいね。きっと喜んでいるよ」

和彦はうれしそうに微笑む亜弓を見てホッとした。やさしい、亜弓の笑顔をずっと見ていたいと思った。そんな資格、本当はないのだけど。

その夜、和彦はいつも以上に亜弓をベッドで抱きしめながら眠ってくれた。この夜がずっと続けばいいのにと亜弓は願った。

退院して一週間後、すぐに亜弓は仕事に復帰した。いつものように明るい亜弓を周囲は気遣っていたが、次第にいつも通りに接してくれた。

「ねえ、洋子ちゃん。帰り、買い物に行きたいんだけど、付き合ってくれない？」

「いいですよ！　久しぶりですね、先輩と出かけるの！　ご飯でも一緒にいかがです？」

「いいよ。じゃ、イタリアンでも食べようか」

亜弓は仕事場のＰＣから和彦にメールした。

――和彦、お仕事お疲れ様。今日は気分転換に後輩の洋子と買い物とディナーして帰るので遅くなります。夕飯はごめんね。――送信。

すぐに返事が返ってきた。

――お疲れさま。そうか、いいんじゃないか？　たまには。ゆっくり行っておいで。俺もたぶん遅いし。じゃ、後で――

今日も遅いのはあの女と会っているからでしょ？　そう、返信してやりたかったけれど、それはやめておく。私は心が広くてやさしい人間だからそんなことは言わない。やさしく包んで和彦を守ってみせる。たとえ自分が傷だらけになっても二人を引き離すことは誰にもできない。狂気が彼女を襲っていた。何かが少しずつ変わってきている。まだ、亜弓は気付いていていない。

洋子は亜弓の選ぶ洋服を見て驚いて言った。

「どうしたんですか？　先輩、いつもの洋服の感じと何かちがーう！」

「えー、いいじゃん、たまにはこういうのも。イメチェンってやつ、どう?」

「かわいいですよー! ほんと! いつものデキル風のパンツスタイルもいいけど、スカートなんて! かわいー」

洋子は妙にはしゃいでいた。流産して落ち込んでいる亜弓を励まそうとしているのか、または本当にかわいいと誉めてくれているのか。

「もうすぐ春だから、春らしく……、ね。いいでしょ?」

亜弓はそう言って、他にもいろいろと買いまくった。久しぶりに買い物をしてストレスが少しは緩和されたかに見えた。


大きな買い物袋をかかえて家に帰ってきた。もう、十時半をまわっている。まだ和彦は帰っていない。また、会っているの? 亜弓は買った洋服のタグをはずしながら、服を合わせてみて、姿見に映る自分を見た。雰囲気は美樹のものとはいえないが、これはこれで悪くはない。だが、もっと似なくては、美樹に。こんなに憎くて忘れてしまいたい存在なのに亜弓の心さえ捉えて放さない美樹の亡霊。


「和彦、今度の日曜お花見しに行こうよ」

「お、いいね。二、三日前開花したんじゃなかったっけ？」

「そうよ、だから、行きましょ！　お弁当作っちゃおーっと」

亜弓は無邪気に笑っていた。和彦は少しずつ亜弓自身が流産のショックから立ち直ってくれているようでうれしかった。ふと、台所に立つ亜弓の後ろ姿を見て気付いたことがあった。ストレートの黒い髪、いつも茶髪を好んだ亜弓だったのに。今頃気付く鈍さに自分も驚いたが、なんだかドキッとしてしまった。黒いストレートの髪、美樹を思い出さずにはいられなかった。煙草を吹かしながら和彦は
「髪型、いつからか変わったんだっけ？　ストレートにして、髪も黒いし……。どう

したの？」

「うん、ああ、しばらくずっと髪、まとめ髪だったから、気付かなかった？　二、三日前だよ、ストレートパーマにして、黒髪に戻したの。へん？」

「いや、新鮮でいいよ！　へえ、亜弓も雰囲気が変わるなあ」

笑顔で亜弓は振り返って心の中では和彦をにらみつけていた。美樹と勘違いした？　そうでしょうね、あなたの忘れられない人に似ているでしょ？　どんどん似て、亜弓か美樹か分からないほどにまでなってみせる。あなたはそのとき、どうするかしら？

日曜の朝、窓から朝日が入ってきた。亜弓は早起きしてお弁当の準備をしていた。三段重ねの重箱にちらし寿司やからあげや煮物、和彦の好きなエビを使ったサラダ等、力作だ。和彦はいそいそと準備をしている亜弓を見て目を疑った。いや、違うのは分かっているのだが、まさか……、と思わせた。

「おはよう。亜弓、今日は朝早くから準備してたの?」

「そうよ、さ、早く顔洗ってらっしゃい」

「あ、ああ」

和彦は顔を洗って鏡を見ながら自分の顔を見た。あきらかに動揺した目。さっき、身間違えてしまったのだ、亜弓を美樹だと……。懐かしい美樹の姿だ。そうだ、二人で撮った写真。たまご色のアンサンブルのニットに水玉のスカートだ。それにあの髪型、見間違うわけだ。和彦はやっと自分を取り戻した。亜弓がどうしてこんな風に雰囲気が変わったかは分からない。だが、妙な気分だ。


妙な気分なのは桜の下でもそう感じた。亜弓が二、三歩先を歩いて後ろを振り返って笑う笑顔が美樹そのものなのだ。この陽気のせいで俺の頭がどうかしたのか? 亜弓のものでないその儚げな笑顔は美樹にそっくりだ。和彦は亜弓の手をとり一緒に桜の下を歩いた。こうやって亜弓と歩くのは久しぶりだったかもしれない。和彦はよりいっそう彼女に愛しさを感じた。こんなにいい女を俺は裏切っていたのか。両方にいい顔ばかりもしていられない。もちろんゆきは一時期だけの気持ちでいたが、少し気持ちが入りすぎてしまったかもしれない。ゆきとの関係もそう長く続けることもできないだろう。

和彦はゆきと食事をしながらやはりこれはこれで自分の立場も悪くないなと思った。愛する女が二人とも自分を見てくれて、一人は結婚していても構わないと言って付き合いをしている。もう一方には、けしてこのことは知られてはいけないが、知られなければこの暮らしは安泰なのだと思い始めていた。最近は週に一度ゆきと会うようにして、泊まることもなくなっていた。ゆきは不満そうだが、ばれて二人の関係が終わるよりはいいと納得していた。自分は少し昔とは違う男になったのかもしれないと思い始めた。昔は美樹の面影を追っていた傷心な人間だったが、今はその暗闇から抜け出しているのではないか。そして、今やっていることは亡くした昔の恋人を思い出すというより、ただ、今二人の女性を手にしているというただの男の征服欲ではないか。そう思うと、ほとほと自分に嫌気がさすが、どうにもどちらかをなくすわけにいかない。

亜弓はますます美樹に似てきた気がする。高校時代、美樹と付き合っていた和彦はどれだけ美樹のことを知っていたのだろうと思い始めた。部活の試合の応援に来てくれたこと、週末映画を見たこと、などぐらいだ。台所に立つ彼女はけして美樹ではない。だが、これはきっと和彦が見たかった延長線上にある、生きている美樹なのだろう。

トントンと包丁の音がしている。和彦は、ぼーっと亜弓の後ろ姿を見ていた。視線を感じた亜弓は振り返って

「何、どうかした?」

「いや、なんでもない。今日は何かなあと思って」

「今日は和彦の大好きなシチューですよぉ」

「おっ、やった！」

そんな会話も生きていたら美樹としていただろうか。いや、もうそんなことさえも思えない。死んでから八年も経った。もう俺は二人の女性をただ愛しているのだろう。自分からはこの状況をどうすることもできない。できればゆきがこの関係に嫌気をさして誰か男を作って別れてくれたらいいなとさえ思う。亜弓は和彦が愛した美樹とはまったく違うタイプの女性、彼を心の闇から救ってくれた女性。感謝さえする。最近はとみに美樹の雰囲気をかもし出しているが……。そんな亜弓も悪くない。両方を手にしている気がする。

「ねえ、和彦。今度旅行にでも行こうよ。ゴールデンウィークも過ぎれば旅行代金も安いだろうし、ねえ、どう？」

「ああ、いいね、行こうか。国内？　海外？

どっちがいい？」

「そうだなあ、四泊ぐらいならグアムとか香港ぐらい行けるね。国内なら沖縄とかが
いいかな」

「そうだね。じゃ、考えておくよ」

亜弓は満足だった。和彦が少しずつ自分の元に戻ってくるのを感じ取っていた。週に一度はなんとなく女の匂いを感じるけれど。それでも私は必ず取り戻してみせる。亜弓が和彦に向けるやさしい笑顔は今までの亜弓のものではなかった。その笑顔は美樹に近づいている。


電話のベルが鳴った。亜弓が出ると母からだった。

「あら、ママ、久しぶり。元気だった？」

「元気にしてた、じゃないわよ。あんたが流産してから、どうしていたのか心配でしょうがなかったんだから。和彦さんも元気にしてるの？　今度二人でこっちに顔でも出してね」

「分かったわ。近いうちに二人で行くわ」

母も父の女のことで苦労しただろう。女としてこんな屈辱はないと思ったことだろう。でもね、私は母さんみたいにはならない。ちゃんとこちらを向かせて取り戻してみせる。私は母さんのようにはならない。亜弓は深く決意していたのだ。和彦の心を奪った死人になんて、絶対に負けない、越えてみせると。

ベッドでゆきを腕枕しながら煙草を吸い、そろそろ帰らねば、とベッド側の時計の針に目をやった。いつまで俺はこんなことしているんだろう。本当はもうこんな関係、止めにしたいのではないだろうか。

　ゆきが帰り際に、こう和彦につぶやいた。

「来ないの、生理。もう、二ヶ月も……。どうしよう」

和彦は、そう言われて自分を見上げるゆきの目を見てぞっとした。美樹が和彦を責めているようだった。この責任を自分はどう取ればよいのだろうか？

「悪い、今すぐ答えを出せない。少し待ってくれないか」

そう言い残して、ゆきの部屋を出た。和彦は帰りの道すがら、自分の置かれている立場を考えさせられていた。自分はどうしてゆきに惹かれてしまったのだろう。そして、これからどうする？　ゆきに堕ろさせるか、それともゆきの子を認知してやるとか？　亜弓と別れてゆきと一緒になる……？　ああ、亜弓は何も知らないのに、ゆきとの関係が半年以上続いていることなんて知ったらどんなことになるだろう。和彦は頭をかかえた。

「ただいま」

「おかえりなさーい。和彦、どうしたの？　なんか、思いつめた顔して」

「いや、なんでもない、風呂に入るよ」


どうしたのかしら、和彦、様子がおかしい。亜弓は仕事をしながら、昨日の様子が気になってしょうがなかった。今朝も自分と目を合わせてくれない気がした。気のせいなら良いのだが……。確実な不安となって亜弓を襲う。


「俺、亜弓にずっと隠していたことがあったんだ。亜弓をずっと裏切っていた」

「和彦、どういう意味？」

知っているが驚いたように亜弓は和彦に尋ねた。

「美樹に似た女性と俺、亜弓が妊娠した頃から付き合い出していたんだ」

「……」

「で、その女性が俺の子を妊娠しちゃったんだ」

「和彦……」

亜弓は想像もしていなかった言葉に、言葉を失ってしまった。なんとしたことだろう。

「亜弓、俺、責任取りたいんだ。俺と、別れてくれないか？」

亜弓は信じられない和彦の言葉に絶望してしまった。これが、和彦が出した結果なの？

「私と別れてその人と一緒になるの？」

――和彦は、しばらく沈黙し、力なく、頷いた。亜弓は涙さえろくすっぽ出ないほど呆然としてしまって、何を言っていいか分からなかった。

「すまない、亜弓。俺、彼女に子供を堕ろさせることも考えたんだ。でも、それでいいのかと思っちゃって……。ごめん、最低だな、俺」

――最低よ、でも、愛しているわ。きっと彼女も私の気持ちと一緒。

「和彦、彼女と私、どちらを愛しているの？」

「彼女とはしばらくの間だけの女性だと思っていたよ。亜弓は俺が結婚した女性だよ。比べ物にならないよ」

亜弓は聞いてほっともしたが、亜弓が妊娠中にとった和彦の行動はそうは思えなかったが。

「出て行って。離婚届は後で送って寄こしてください」

「亜弓……」

「私は理解のあるあなたの妻だからあなたが欲しい言葉を言ってあげるわ」

悲しげな笑み。どこか亜弓のものとは違っていた。

和彦が出て行った。空虚な空間。亜弓はこのことを受け止めたくなかった。もう、和彦は二度と亜弓の元へは戻らない。

「私、美樹に近づくように努力したのに。あなたが裏切ってあの女のところへ行っても耐えていたのに……」

涙がこぼれていた。

「ママ、私、同じね、あなたと」

幸せはどうしてこんなにも不確かなんだろう。亜弓はもう和彦が家を出てから会社にも行っていない。電話が鳴るが出ない。食事も取っていない。もう、何日になるのだろう。和彦が帰ってくれば別だ。もし、帰ってきたら、和彦を許してやろう。私は理解のあるやさしい妻だから、あなたを許してあげる。それとも、もうあの人と楽しくやっているのかしら……。亜弓はうっすらと窓ガラスに映った自分を見た。亜弓は恐

怖に襲われた目で、

「美樹！　なぜあなたがここにいるの？　あなたのせいで、私の和彦が出て行ったのよ。――許さない！」

亜弓は急いで台所へ走っていき包丁を握りしめた。

「どこにいるのよ、美樹、出てらっしゃい」

「いた、見つけた。そんなところにいたのね。あなたを殺せば、もう、この苦しみから解放される。許さない！」


憎い相手は憐れむような目で亜弓を見た。口元はきりりとななめにつり上げ瞳はこちらを見て逸らすことがない。亜弓は初めて相手に嫌悪を覚えた。こんな気持ちになったのは初めてだ。ニヤリと誇ったような顔をした。亜弓は、そんな相手に向かって刃物を向けた。包丁を人の肉体に刺す異様な感触が亜弓の全身を襲った。刺した相手の顔は真っ青になり、苦しみの顔というよりも、驚きの目で、彼女を見ていた。

あまりにもびっくりした顔をしていて、馬鹿みたいだ。腹からポタリポタリと赤い血が流れている。亜弓は、やっと自分を取り戻した。殺したかったのは、美樹ではなく、自分自身だったのだ。姿見に映る亜弓の腹は赤い血が洋服全体に広がって元のワンピースは何色だったろうか。床にも赤いものが点々と落ちてきた。ズルズルと力を失って壁にもたれかかった。ベランダ越しから晩夏の涼やかな風が入ってきた。夏の風が亜弓の体をやさしく包んだ。風の匂いを嗅ぎたかったがどうにも血の匂いの方が強くて夏の風の匂いはかき消されてしまった。

「そうだね。もう、がんばらなくていいんだ、私」

憎かったのは美樹ではなく、和彦の為にと美樹になろうとした自分、和彦の浮気を知っていながら貞淑な妻を演じていた自分。そして、和彦が別れてくれと言ったときにそれを受け入れてしまった自分。自分を抑えて誰かを愛することが亜弓の一番の誤りだ。やっと分かった。もっと、和彦に泣いてすがっても良かったのかもしれなかった。もっと、自分の感情を和彦に伝えていれば良かった。

それができなくて、そんな自分が許せなかったんだ。でも、もう終わるね。和彦に悪いなと思った。またトラウマにしてしまうだろう。でも、それは亜弓からの和彦への本当の気持ちだ。

——もっと、私を愛してください。

もう、壁だけでは亜弓を支えきれなかった。床にたおれて仰向けになり、だんだんと意識も薄らいでゆく。もう、痛みもない。

「和彦、愛して……」

和彦は嫌な予感がした。こんなに胸騒ぎするのは初めてだ。亜弓が三日も会社を欠勤し連絡がないと和彦に連絡が入ったからだ。急いで自宅に向かいながら、生きていてくれと願った。自分の愚かさと、亜弓がもしかしたらずっと自分のしていたことに気付いていたかもしれないと思った。春頃から美樹のように振る舞っていたのも全ては自分の為のものだったのだ。何で気が付かなかったのだろう。

夏の風が和彦の体にまとわりついてうっとうしい。こんなにも太陽はまぶしく、晴れ渡っているのに。和彦の心は、曇ったままだ。

玄関に靴を脱ぎ散らかしてリビングに駆け込むと、リビングの半開きのドアの向こうに白い足が見えた。

「アユミ！」

名前を絶叫しながらリビングに駆け込むと、そこには亜弓が横たわっていた。床一面に血の海が広がっている。亜弓を抱きかかえると、まだ温かい。和彦が何度も「アユミ！」と叫ぶと亜弓がふと目を開けた。

「カズヒコ、帰ってきた、うれしい……」

「うん、もう、どこにも行かないから、許してくれ、亜弓！」

亜弓はもう、涙で和彦のことがぼんやりとしか見えなかった。でも、帰ってきてくれた。

「亜弓、ぜったい助けるから、すぐ救急車来るからな」

和彦は亜弓を励ましながら、震える手で１１９番に電話をした。

「カズヒコ、抱きしめて……」

和彦は泣きながら亜弓を抱きしめた。

「うれしい、やっと、気持ちが通じ合えた……」

「アユミ、亜弓！」

亜弓は笑顔を見せた。ああ、付き合い始めた頃の和彦が好きだったその笑顔。その瞳の奥に潜む、やさしい眼差し、好きだった亜弓の笑顔だ。


「愛してるわ――」

笑いながら、眠るように、一筋の涙を流した。

「アユミ！　亜弓！」


瞳孔は開いて、もう、視界は、見えない。白く、白く、光の世界が待っている。その先に見えるものは……、何か？

夏の風が二人を包んだ。

まだ温かい彼女を抱いて、男は泣き崩れた。

救急車の音が遠くから聞こえた。

臨月を迎えた女はお腹をさすりながら男の帰りを待っている。もうすぐ春がやってくる。桜の開花宣言はもうすぐだ。彼女は思う。いったい、誰の人生を生きているのやら、と。自分でありながら、相手にとっては自分自身でない。

彼がいつまでも幻を見続けているならば、私はその幻となろう。

誰の人生を歩もうともいい。

私は今、生きている。

〈著者紹介〉

**飛岡亜矢子**（とびおか あやこ）

青山学院大学文学部卒業後、コンサルティング会社、商社勤務を経て現在は米国大手化学品メーカーに在職。

アウトドア派である反面インドア派でもあり、趣味は国内外の美術館巡りから料理やイラスト描きと幅広い。

近年はタイの国技であるムエタイを習得中。

モットーは「しなやかに、風のようにフットワーク軽く、今を生き抜く！」

# Bar D's Graffiti

2023年11月17日　第1刷発行

著　者　　飛岡亜矢子
発行人　　久保田貴幸

発行元　　株式会社 幻冬舎メディアコンサルティング
〒151-0051　東京都渋谷区千駄ヶ谷4-9-7
電話　03-5411-6440（編集）

発売元　　株式会社 幻冬舎
〒151-0051　東京都渋谷区千駄ヶ谷4-9-7
電話　03-5411-6222（営業）

印刷・製本　中央精版印刷株式会社

検印廃止

Printed in Japan
ISBN 978-4-344-94663-7 C0093
幻冬舎メディアコンサルティングＨＰ
https://www.gentosha-mc.com/